每个人都了不起

潇湘家书·2020

潇湘家书活动组委会　编

湖南文艺出版社

序　言

千古温情寄尺素，家书在中国人心目中有着特别重的情感分量。习近平总书记曾指出：“不论时代发生多大变化，不论生活格局发生多大变化，我们都要重视家庭建设，注重家庭、注重家教、注重家风。”中国是一个古老的东方大国，其广土巨族的天下定居型文明形态，决定了“家”对于中国人有着格外厚重与悠远的文化意义。家，也是中国文化不断自我生发、修复、沉淀的能量场，家书、家训、家规等构成的中国家庭教育文化体系，源远流长，繁荣不息。

庚子之春，“潇湘家书”活动在全省范围内刚刚启动，一场新冠肺炎疫情突袭而来，人们的团聚、交流按下了暂停键，此时，一封封真情动人的家书，在抗疫前线与后方架起了一座座心心相印的桥梁，成为抗疫战场上的暖色调、正能量。

如何进一步深入挖掘“潇湘家书”的历史意义与文化价值，面向大众推荐、普及优秀的湖南家书文化？在湖南省委宣传部的指导和带领下，潇湘家书活动组委会本着弘扬中华优秀传统文化，传播新时代社会主义核心价值观的原则，在全省范围内的“潇湘家书”活动中，征集并选取了一批颇具代表性的潇湘家书，集中展现新时代湖湘人民的精神风貌，为党员干部、广大青少年提供作风、家风的借鉴和参考，营造社会好风气。

祝愿这本《每个人都了不起——潇湘家书·2020》走进千家万户，带给人们温暖与力量。愿字里行间那些或平实或闪光的言语和精神，能够感动你，启发你；更愿你也能提起笔来，写下一封久违的家书。

目录

我理解爸爸您了 003
你妈都快成卫星专家了 005
今后的雨天，再也不用出动锅碗瓢盆了 008
懂得感恩，才能成事 011
有困难工作队会帮我 014
处处亲人处处家 016
让你们飞到我们不曾到过的地方 019
爸爸的小目标 021
你们若能回来创业，我满心欢喜 024
用一辈子去怀念 027
现在，我坐在新房客厅给你写信 029
用党的这份恩情去回馈社会 032
爸爸妈妈，你们过年会回吗？ 035
所有的期待都在不远处 037
妈妈，您是我们家最大的功臣 039
铭记来时路 043
点亮山区孩子的梦想 045
我知道您一定会支持我 048

医道无国界　053
不负二老所嘱　056
我会是你永远的避风港　058
深夜，写下对你的牵挂　061
让时间雕刻这段记忆　064
您永远是我人生路上的灯塔　068
我愿做你的入党介绍人　071
三代人的情怀，我们共同守护　075
我是您最忠实的追随者　077
一生治湖，用一辈子保三湘四水安澜　079
展望明年春节　084
活着就还有希望　087
爷爷的美德不能忘　089
你为我撑起了一片天　092
致敬生命里的那片海　095
爱，会点亮人生　099
苦难是一种磨炼　102
成为一名真正的军人　105
忆苦思甜，陪你看山河　107

奥运健儿，四海为家　113
雄关漫道，一路有你　116
为了一个“粮安天下”的梦想　119
大丈夫必有所为有所不为　121
我们会去更大的舞台表演　123
你们的小孙女会关心人了　126
亲爱的爸爸，远在非洲的你还好吗？　129
这辈子最正确的决定　131
共谱湘疆团结曲　133
等待风雨送春归　136
以信仰延续“红色血脉”　140
勇敢和自律会帮助我们渡过难关　143
村子变了，你未变　145
一丝一粒，我之名节　148
坚定梦想，风雨兼程　150
挣这样的钱最苦也最高兴　154
塞拉利昂一处院子里的芒果树　157
我心中的红色名片　160
也应回首故乡遥　163
老父亲的几句唠叨　166
纸书一封劝母亲　168

人生的第一个重要转折点 171
爸，我读懂了您的风骨 173
从“静”字体会人生 178
问奶奶过去的事情 182
姐，回来看看吧 184
温馨小家，幸福大家 187
我一定是积了很多福才会遇到你 190
千里乡思明月寄，从军报国以明志 193
你爷爷就是要让我考个大学 197
爸妈，想和你们说说心里话 201
可以贫穷卑微，但不能没有骨气操守 203
目送单妹 206
妈妈您在，家就在 209
你是山前那条路 212
妈妈，我会慢慢长大 215
找寻一种高于生活的美 217
回家过年 220
有你们年味才浓 223
故园重现新机 226
用尽全力去过平凡的人生 228

后 记 231

走出贫困，

感恩有你

我理解爸爸您了

2020年9月18日

收信人：王新法（河北石家庄人，常德市石门县南北镇薛家村原“名誉村长”。2017年2月因劳累过度，牺牲在脱贫攻坚一线，被追授“全国脱贫攻坚模范”称号）

亲爱的爸爸：

提笔思人，您可安好！刺眼的阳光透过发黄的叶子，又是一个思念您的日子，原来时间并不能让人忘记所有，相反，只会让人越记越深。妈妈的身体还是很孱弱，但精神还好。您记挂的外孙女已经上小学了，她总是缠着我一起看您的视频，听您的故事。您的小外孙也已经一岁多了，偶尔从他小脸上的表情仿佛可以看到您的影子。

最喜欢《寻梦环游记》里面那句：“生命的尽头不是死亡，而是遗忘。”我相信您一直在我们的身边，没有走远。不仅有家人的思念，薛家村还有那么多的百姓也都记挂着您。您站在薛家村最高的六塔山上，看到规划的第二个“三年计划”正在实现，翠绿的茶园，您图纸上的茶厂走进了现实，薛家村有了自己的茶叶品牌“薛家村”和“共富”茶，茶农脸上洋溢着收获的喜悦。您说过希望更多的人来薛家村看看这里的土家风土人情，听听68位红军战士的英勇事迹。现在薛家村设立了党性教育基地，越来越多的人来到这里听您的故事，越来越多的人将大山里的绿色产品带了出去。

爸爸，您走后，我们来到薛家村，在您住过的房子里，看到您曾经穿过的那一件件衣裳。有一件白色的汗衫，您已经穿了好几年，衣服上布满了大大小小的洞。乡亲们告诉我，这些洞，不是穿坏的，而是开山辟路时，一点一点留下来的。我无法想象，您当时有多疼，有多危险。可是，您却从来不说。爸爸，您知道吗，当时我和妈妈都已经决定要带您回家，落叶归根。可是，翻看着您生前的一张张照片，看到了照片上的您一身泥水，看到了您被磨破皮肉的肩膀，看到了您站在河水里勘测的全神贯注……我们仿佛看到了您在薛家村绘就的一幅幅蓝图。

走您走过的路，爬您爬过的山，抚触您耕耘过的茶园，我从悲伤到感动，从感动到理解，从理解到敬仰，我想我理解爸爸您了。不仅是我理解了您，已成为全国文明村镇的薛家村所有的村民也都理解了您。在薛家村的四年，您把自己的信仰和生命都深深融进了山水之间，融进了乡亲们的心里。斯人已逝，虽死犹生。我会接过您的担子，与薛家村的兄弟姐妹继续奋斗下去。

爸爸，马上又到家人团聚的中秋了，我们会在心中与您共享一轮明月，“直到天头天尽处，不曾私照一人家”。

女儿：王婷

2020年9月18日

你妈都快成卫星专家了

2020年初

写信人：刘应仁（娄底市新化县温塘镇车田江村）

收信人：刘楚斌（西昌卫星发射中心西昌观测站）

斌伢子：

你好！又快要过年了，不知道你今年能不能回家过年，我和你妈都很想你。

你妈这几天老是念叨，说都快两年没见过你了，我说不对，半个月前还见过你呢，在电视上。就是去年12月17号，中央台新闻频道采访你的那个节目。对了，知道中央电视台要采访你，你妈提前好几天就在张罗着说要放鞭炮庆祝，我说你放的哪门子鞭炮，我是村主任，要带个好头呢。为这事你妈还生我的气呢。村里的乡亲们也跟着高兴，自己家电视不看，都吵着说要到我们家来一起看才热闹。采访你那个节目是17号早上6点多播出，你妈前一晚就没睡什么觉，又是摆椅子又是准备瓜子水果，还非得要我把电视机搬到堂屋门前，说在门外坪里坐的人多。斌伢子，你不知道，其实那天很冷的，6点钟天还没亮，家门前的坪里硬是坐满了人，大家都没感觉到冷呢。

斌伢子，你现在可是我们车田江村、我们温塘镇、我们县里、省里的大名人了，2018年11月，湖南经视报道你，说你是“深山里的‘一号’博士”，你妈见人就说，那个北斗三号全球导航系统第17颗卫星，我崽发射的！她还知道，这颗卫星是北斗三号系统的第一颗地球静止轨道卫星，也是北斗三号系统中功能最强、信号最多、承载最大、寿命最长的卫星。现在，你妈都快成卫星专家了。只要天气好，晚上天上有星星，你妈就站在屋外头看北斗星。我说，你儿子搞的又不是这个北斗，是人造卫星。你妈就说，那还厉害些，造出来的北斗！

斌伢子，你好几年没回家了，我知道你忙，是在做大事。没事，不能回来就别回。我和你妈身体都挺好的，你不用挂念，安心做好你的工作。我知道，你的工作出不得半点差错，不要分心。

你在做一件十分光荣的事，你的理想同祖国的崛起、民族的命运紧紧联系到了一起。一想到这里，你能不能回家也不重要了，我和你妈，心里甜着呢。

村里的公路通到了每家每户，还和城里一样装上了路灯，我们出门，再也不要担心下雨一身泥了。村里的小学又修过了。我们村到去年底就再也没有一个贫困户了。脱贫攻坚，你爸爸我这个村主任没拖国家半点后腿。说起这事啊，我和你搞卫星一样，骄傲着呢。隔壁永溪村在深圳打工的刘碧文回来了，在村里办起农业专业合作社，种茶叶，去年又办起了玩具厂，省里的扶贫办、县委县政府都帮着出资金、拿主意，又是培训工人，又是联系业务，就说做“海绵宝宝”玩具，一笔订单就是10000个，村里的乡亲们农闲时就到玩具厂上班。去年6月30日，省委副书记乌兰来我们新化调研脱贫攻坚，还到了这个玩具厂。

反正啊，家里的变化好多、好大，爸爸一时也说不完，今天就写到这里。有空给你妈打打电话，她想着你呢。

出门在外，要注意身体，努力工作。

祝：一切好。

父字

2020年初

今后的雨天，再也不用出动锅碗瓢盆了

2020 年 2 月 6 日

写信人：童雨晴（湘潭湘乡市壶天镇井湾村青山冲，长沙师范学院）

收信人：李双喜（湘潭湘乡市壶天镇井湾村）

尊敬的李书记：

我是井湾村青山冲的童雨晴，我家是精准扶贫的对象，精准扶贫这个词最早出于2013年习主席的重要指示，但是我家接受包括您在内的干部的帮扶却由来已久。这几年来你们对我们的关心帮助从未间断，一路走来，改变了我与家人的生活，为我的学业助力。对你们的恩情，内心的感激难以言表，唯有一句：谢谢你们！

我家是青山冲这个小山村里少有的贫困户，自我记事以来，家里便祸事不断，境况一天不如一天。我自小由祖父母抚养长大，依靠他们辛苦的耕作维持生活。您是如此的亲切，不辞辛劳，总会定期走访，及时了解家里的情况，深入细致，认真负责，十年如一日。

学习是我唯一的出路，是我家未来的希望。在我的求学路上，你们陪伴左右，为我搭桥排障。你们助我争取各种助学金、贫困补助，想方设法让我无后顾之忧，全身心学习。因为你们的扶助，我的学业才能够顺利完成。你们从根本上解决我家的贫困问题，让我们真正脱贫。

“安得广厦千万间，大庇天下寒士俱欢颜”，你们给了我们安全温暖的家，给了我们“广厦”。几十年来，我家一直住在老土坯房里，房子的房梁墙壁都老化得很厉害，随时有倒塌的可能，非常危险。下雨天是全家人的劫难，和杜甫诗里“床头屋漏无干处，雨脚如麻未断绝”的情况一样。您和村里的干部一直担心我们一家人的安全问题。2017年，就在我高中毕业那年，政府危房改造，您便立马东奔西走准备资料为我家申请，在您的帮助下我们申请到了补助资金。不仅如此，在确定之后，您还为我们找建房的师傅，替我们说情，打包票，先建房后付款，最终建起了新房。新家迎来的第一场雨，祖母静静地坐在门前的凳子上，轻松地靠着椅背，望着雨说道：今后的雨天再也不用出动锅碗瓢盆了。我永远也忘不了那天祖母的眼神，那么开心。

高一的时候，祖母突发了心脏病，住院治疗后，需要日日服药维持，不能再劳动，此时，又是您帮我们申请了大病补助。高二，祖父因病溘然长逝，这个家更破碎了，只剩下我与祖母两人。家里彻底断了收入来源，一切是那么的不幸，但是因为有您，您的陪伴、关心和帮助，不辞辛苦地奔波，我们的日子一天天好起来。如今，我即将大学毕业，未来可期，家里的情况即将彻底改变。

过去了的日子，再回忆起来，似乎当时的难过辛苦都烟消云散，唯留下感动。高中的时候，我和祖母去您家。您站在门前，似乎刚刚下班回家，第一眼看到您，我震惊了，不知何时，您的脸上已有了皱纹，皮肤也因为常年奔波变得黑黝黝的，有点像枇杷树的树皮，头发也白了许多，这和我记忆里挺拔俊朗的您完全不符。您是当代千千万万扶贫干部的缩影，燃烧了自己，照亮了我们。

感谢你们这么多年的辛劳付出和温暖陪伴，您和村干部们的帮助若春风时雨，件件有回应，事事有着落，帮助我们度过那些艰苦的日子。在未来的日子里，我一定刻苦勤勉，立志成才，回报社会，不负期望。

敬祝：

身体健康，工作顺利！

童雨晴

2020年2月6日

懂得感恩，才能成事

2020年9月11日

写信人：龙秀林（曾驻湘西州花垣县十八洞村扶贫队）

收信人：龙先兰（湘西州花垣县十八洞村）

先兰兄弟：

全家福！

最近我看央视很多明星聚集十八洞，我在遥远的济南为十八洞高兴。毕竟7年前，十八洞还是一个留不住年轻人、娶不上媳妇的穷山沟。特别是看到主持人朱迅抱着你和满金的爱情结晶——龙思恩时，我眼泪流出来了。

这7年，你的变化非常大，从一个酒鬼变成了创业能手，从一人吃饱全家不饿的光棍汉到现在结了婚，生了子，并且与离家出走多年的母亲团圆。作为你的大哥，我打心里为你高兴。

去年年底，我带着你和满金与乡亲们一起走上了《星光大道》的大舞台，主持人朱迅和你们夫妻互动，还对怀有7个多月身孕的满金表示祝福，我也代表十八洞邀请朱迅老师到十八洞走玩，真没想到那么快就变成了现实。唯独可惜的是我不在现场，要是在现场，非要给朱迅老师唱个苗歌不可。

你知道6年前，我为什么要与你结为兄弟吗？因为看到你面对生活自卑、自弃，与酒为伴，借酒消愁，这样下去你这一辈子就完蛋了。我不忍心看到你堕落。虽然你懒出了名，但是我看到你在队部吃饭后，别的年轻人碗筷一丢就走了，而你却默默地收拾碗筷，打扫“战场”。从你这个举动，我感受到了你高尚的人品。懂得感恩，才不忘本，才能做成大事。你的“懒”是因为面对生活巨大的压力你选择逃避，那不是真“懒”。所以我决心和你一起奋斗。天道酬勤，我们的努力没有白费，你的成长故事成为一个非常亮丽的励志典型。

你女儿出生时，你主动找我，叫我给她起个名字，我反复思考，决定起名龙思恩。思恩有两层意思：一层是你们要不忘初心，感党恩、听党

龙先兰一家三口

话、跟党走，前途一片光明；二是感恩十八洞父老乡亲对我的支持和各级领导对我的关心。如果没有县委的信任，本事再大也没有平台。如果没有十八洞父老乡亲们的支持，没有工作队员和乡村干部的努力，我将一事无成。我把龙思恩也当作我的女儿，她的名字也时时刻刻提醒着我，鞭策着我，催我向前，催我奋进。

不要为大哥担心，我在山东济南市槐荫区发改局任职，这里生活和工作都很好，结识了很多山东优秀的朋友和领导。

你的蜂蜜今年也快出来了吧？到时候给我寄一点，我要让济南的朋友分享到十八洞幸福生活的甜蜜。

另外，请你做好准备，今年过年把你的家族、我的父母及乡亲代表聚到一起吃一个团圆饭吧！我想把龙潭村的乡村振兴“村投模式”与大家分享。

好吧，就写到这里。照顾好自己和家庭，我可是给满金妈妈承诺过的！

你的大哥：龙秀林

2020年9月11日晚于济南

有困难工作队会帮我

2020年1月19日

写信人：龙生海（湘西州凤凰县千工坪镇香炉山村）

代写志愿者：吴康（湘西州凤凰县委编办）

儿子：

你好！

快过年了，你在外面还好吗？我的身体很好，家里的一切都好，你不要担心，安心工作。

今年我在家种了两亩多的水稻，田里养着稻花鱼，收稻谷的时候，在工作队的帮助下，大部分鱼都卖出去了，我留下一点晒成鱼干，准备过年吃。我养了四十多只鸡鸭，我们家的帮扶人带人来买走了十只，剩下的我准备二十六、二十八赶集去卖。初六时，我买了三十多斤猪肉，用来腌制腊肉，等正月熏干了，我再给你寄过去。前天你叔叔家打年粑，给我送了许多，到时和腊肉一起给你寄过去，豆腐也让你叔叔二十八那天一起做。过年该准备的东西我都准备得差不多了。

十九那天你表妹春梅出嫁，我去吃酒了，我用今年挣的钱给她买了一床大红棉被，把你寄回来的钱都存起来了。很多亲戚都到了，大家都很好，也都很想你。你表弟阿成准备明年跟着你，我把你的电话号码给他了，叫他自己问你，看你们老板还需要人不。

现在国家形势这么好，你不要担心我一个人在家。有什么困难村里的工作队都会帮我解决。他们都很好，今年还给我们家买了一个衣柜，帮扶人小王还给我们买了一个沙发，大家都很关心我们。你在外面要注意身体，好好工作。

爸：龙生海

2020年1月19日

处处亲人处处家

2019年中秋夜

写信人：张忠富（常德市石门县文旅广体局，驻南北镇金河村帮扶工作队）

老婆：

我突然想浪漫一回，虽然我晓得你并不喜欢浪漫。给你写这封信，其实也就是想和你说说心里话。

不晓得么得原因，提笔就想流眼泪，近段时间以来，感觉身体已大不如以前，还总打瞌睡，上次到县人民医院检查也没查出什么，医生说就是太累了。前几天我平生第一次坐了一回救护车，幸亏是在镇里开会，如果是在村里，可能也就“可能”了。镇里的覃浩书记还有好多人一直陪在我身边，他们连中饭也没吃。

一晃到金河村4年了，我记得第一次从县城出发辗转颠簸6个多小时到达金河村时，第一印象是望不穿的崇山峻岭、走不完的崎岖山路。金河村由5个自然村合并而成，村里有5座大山，面积大，海拔高，农户居住分散，老百姓一年只有3个月不烤火，村里没得村部，也没有卫生室，更谈不上广播、电视和网络。由于条件差，村里的姑娘留不住，村外女人不进来，全村有71个单身汉。第一次在老支书张昌凤家参加党员会，会场外小吵，会场内大吵，会议不欢而散。由于村级班子软弱涣散，我一时感到工作无从着手，不到一个月，我就想过辞职，但回头想想，还是决定留下来，这一留就是4年。

4年来，我们修通了一条长19公里的“天路”，让全市最后一个不通公路的自然村老百姓开始快捷走出大山。架了3座桥，修了新村部，有了卫生室、广播、有线电视和网络，解决了安全饮水问题。全村108个贫困户易地搬迁住进了新居，57个贫困户进行了危房改造。

路通了，村里的产业有了很好的发展。全村4000亩野茶年产值达到了400多万，野蜂蜜从400多桶发展到了1200多桶，中药材从不足50亩发展到了500多亩，还有“百年老柑”黄皮橘、金河冷水鱼。71岁的张先银老人养蜂种药，一年收入10多万元。48岁的邓先鹤，以前穷得妻子离他而去，现在成了村里的产业致富带头人。老百姓的人均纯收入也从不足3000元增加到8000多元。

事实证明，只要我们把老百姓当亲人，把老百姓的事当成自己的事，什么事都好办。我还说过：“老百姓所有的错都是我们的错，是因为我们的工作没有做好。”我们帮“三无户”宋冬生落实了户口，解决了低保、社保、医保，新修了房屋；带70多岁的周明初到壶瓶山办了一张身份证，带他吃了人生第一碗米粉，还给他买了一套新棉衣、棉鞋。现在五保户蒋保成每天都要到村部看一看，就是为了看我在不在村里。住在湖北的90多岁老人马珍琴对她女儿说，我们就是她的“娘家”人。特困老人邓振军在弥留之际能开口跟我说话，惊呆了所有在场人。你还记得家里有一双千层底布鞋吗？那是一个大雪天，我步行20多公里走访到白竹山覃事善家，两老含泪送给我的。有一次大雪封山，从白竹山到镇政府开会，早上4点半从毛传斌片长家出发，沿途有三个农户都开了灯打开了大门，原来他们都是4点多起床，为我和扶贫队员家云准备了早饭。

4年来，你虽然嘴上不说，我晓得你心里苦。4年我没休过年假，节假日也很少回过家，你既要看店子、带孙子，还要照顾生病的女儿，女儿几次住院我也没有陪，100多斤的你瘦到了80多斤。上次女儿出院我准备去接你们的，可村里临时有事没接成。我很难过，很愧疚。这几年，除了生病，我没有时间休息。因为我是一名扶贫队长、第一书记，因为我早已把金河村的老百姓当成了我们的亲人，老百姓也早已把我们当成了他们的至亲。

谢谢你，冰清，心爱的老婆。

忠富

2019年中秋夜写于金河村部

让你们飞到我们不曾到过的地方

2020 年 1 月 20 日

写信人：龙术亮（湘西州花垣县民乐镇路桥村）

代写志愿者：杨正锋（湘西州花垣县发改局）

成慧：

这是爸爸第二次给你写信，爸爸想跟你说说心里话，也许你现在不一定全部明白，但随着你慢慢长大，希望爸爸对你说的话能给你带来力量。当你遇到困难、挫折的时候，你会感觉到，无论爸爸有没有在身边，爸爸一直都跟你在一起。

爸爸首先想跟你说的是“爱”。爸爸妈妈永远爱你！我们对你的爱是无条件的，就像你无条件地爱我们一样。即使你走路不小心摔了一跤，我们依然爱你；即使你打碎了吃饭的碗，我们依然爱你；即使你跟别的小朋友起了冲突，我们依然爱你；即使你考试成绩不理想，我们依然爱你……

爱是人类最伟大的力量，也是一个人最强大的精神源泉。爸爸妈妈希望能给你做一个很好的榜样，让你学会好好地爱，爱自己，也爱别人。

爸爸想告诉你一个好消息，我们家2017年已被县委县政府纳入建档立卡贫困户了，贫困家庭可以享受教育助学、住房保障、危房改造、住院报销、安全饮水等基础设施优惠政策，就连你们读书都享受国家的救助补贴，这是党和国家给予我们平民百姓的大力援助。所以爸爸要求你一定要努力学习，好好读书，长大了才会有出息，才能报效祖国！

在村支两委的关心帮助下，爸爸现在已经当上了路桥村护林员，工资是每年1万元，再加上你妈妈每年出去打工8个月，每年可创造收入16000元左右；另外，我在家还租种了邻居的3亩多田，除了满足我们的日常生活粮食之外，今年还有2800斤大米可以出售。发改局帮扶干部说我们家是“儿多母苦”，除了给我们捐赠衣物以外，她还帮助我把大米以市价出售，目前为止，已经卖出了1200多斤。

一年来，在村支两委和县发改局驻村工作组的通力合作下，我们村修通了农业生产机耕道，实施了一批危房改造工程，硬化了田间水渠、进户路面，全村安装了太阳能路灯，村容村貌得到了改善。

千言万语叙说不尽，父母对孩子的爱终究是要让孩子自己独立去面对生活，让你们有勇气去飞，飞到我们不曾到过的地方。

永远爱你的爸爸：龙术亮

2020年1月20日

爸爸的小目标

2020年3月15日

写信人：郑海青（中共衡阳市委网信办，驻衡阳县三湖镇联洋村扶贫队）

亲爱的女儿：

光阴荏苒，日月如梭。今年，你将迎来初中二年级下学期的学习。看着洋溢青春气息的你，爸爸心里有说不出的感慨和欣慰。都说女儿是爸爸的“小棉袄”，贴心、细心又暖心。你在我眼里更像一只乖巧狡黠的小猫咪，特别讨人喜欢。新的一年，希望你给自己定个小目标，并努力去实现，健康快乐每一天！

今年，爸爸也有个“小目标”，那就是让驻点扶贫村——衡阳县三湖镇联洋村的贫困户彻底甩掉贫穷的帽子，实现全面小康。

在贫瘠的小山村，爸爸走访了许多贫困家庭。他们当中，有先天残疾瘫痪在床的爷爷奶奶，有父母病故无依无靠的弟弟妹妹，还有生活不能自理的残疾人……看着他们紧锁的双眉，无助的眼神，伤心的泪水，我的心揪得紧紧的！心里只有一个念头，那就是帮助他们尽快走出阴霾，沐浴阳光！

爸爸最心疼的还是村里的孩子们。孩子是希望，是未来，更需要关心和关爱，然而，乡村教育还很落后。一天下午，我在村小学和同学们打了会儿乒乓球。那里的条件实在太简陋了！球台是用红砖和水泥板搭起来的，球拍两面光溜溜的没有胶皮，就连乒乓球都已经破了，打在球拍上发出干瘪的声音。我越打越不是滋味，连夜写了篇扶贫日记——《乡村小学，农家孩子梦想开始的地方》，发在自己的微信公众号上，并且四处联系爱心人士。

湖南一家体育用品公司向学校捐赠了价值5万元的球衣球鞋和各种球类用品。衡阳市四所中小学派出老师给孩子们上课，还捐赠了学校急需的投影仪和磁性黑板。好几家爱心企业和公益组织伸出援手，送去学习生活用品，资助十个孩子直至完成学业……爸爸的努力没有白费！

乡村农产品价廉物美，地道正宗。然而，由于交通不便，村里贫困户家的农产品卖不出去。爸爸灵机一动，在微信朋友圈里给他们打广告。广告引发了轰动效应！一家企业开着货车买走了上万斤西瓜，远在北上广的同学邮购了几百斤米粉。每到周末回城，爸爸车上满载土特产。我左手一只鸡，右手一桶油，蓬头垢面，汗流浃背，四处奔走，当起了义务“城乡快递哥”。虽然模样有些狼狈，但心里甜滋滋的。

驰而不息，终有所成。在我们扶贫队的帮扶下，贫困户们住上了新房子，看得起病，没有一个孩子因为贫穷而失学。村里兴建了大型养鸡场，种了1000多亩黄桃猕猴桃。贫困户们在家门口就能打工赚钱。

爸爸的扶贫队吃住都在老乡家里。早上，我沿着村道慢跑，呼吸着带有泥土芬芳的新鲜空气，欣赏沿途田园风光，与乡邻乡亲寒暄闲谈。一日三餐多是青菜豆腐，但原汁原味原生态，健康环保。老乡对我们很照顾，常到村里的水渠捞些小鱼小虾，改善伙食。入夜，村里新建的文化广场人声鼎沸，乡亲们聚在一起跳舞、健身、散步、聊天。爸爸和村民打成一片，越处越亲！

女儿，你曾问过我，为什么要到偏僻的山村去扶贫？其实这个问题我也问过自己，而且一直在寻找答案。一开始，我是抱着完成任务的心态去扶贫的。就像老师布置作业，学生必须完成。不过，上级组织交给我的这道“作业题”，要求很高，难度很大，持续时间也很长。到了村里，看到贫困户日子过得那么艰难，我心里触动很大，很想尽力帮助他们。

女儿，你知道吗？爸爸最牵挂的人就是你。驻村后，我们父女俩一两个月难得见上一面，爸爸只能默默关注你。好在你很懂事，学习勤奋，爱好广泛，特别是美术方面遗传了爸爸的“优良基因”，画画得越来越好。所有这些，让为父甚是安慰，工作也干得更起劲儿了！

爸爸平时很少一本正经地对你说教。这次，通过书信把想叮嘱你的话写出来，想必感受很不一样吧？希望你理解爸爸的苦心，不负韶华，拼搏进取。爸爸也要再接再厉，争创佳绩，让你以爸爸为荣，为爸爸骄傲！等到脱贫攻坚取得全面胜利的时候，一定带你到村里去看一看，亲身感受中国农村翻天覆地的沧桑巨变！

祝你每天都有好心情！

爱你的爸爸

2020年3月15日

你们若能回来创业，我满心欢喜

2020年1月15日

写信人：梁安清（湘西州花垣县谷坡村）

代写志愿者：刘长宏（湖南省农业农村厅农业资源保护与利用处）

我儿兴娥、媳银芝，孙梁华：

你们好！

省农业农村厅对我们谷坡村扶贫后，我们村、我们家都发生了很大变化。我年纪大了，容易忘事，也担心讲得不全面，正好省文明委在全省开展“潇湘家书”活动，我就委托省农业农村厅的志愿者给你们写了这封信，给你们捎两句话。

第一句话：你们在外务工，不用牵挂我。

先说说村里的变化——我们谷坡村的“谷”增产啦，驻村工作队还确定了黄金茶、食用菌、生态土鸡等特色产业；干净的水泥路直达家家户户的门口，给人的感觉是：我们谷坡村的“坡”不再是坡陡泥黄路烂啦！村里还建有卫生室、标准化水磨石篮球场、健身小场地和用来展示我们苗族传统文化表演的活动广场等，村里第一次跳起了广场舞，响起了苗鼓的声音。

再说说家里的变化——你们知道，我们家在2013年被纳入建档立卡贫困户。党和政府对我们家落实了医疗、教育、耕地地力保护、退耕还林生态补偿等相关政策；入股金兰十八洞蜜蜂养殖有限责任公司养殖蜜蜂，每年年底分红800元；得到优质稻种子、化肥、鸡苗、稻花鱼苗等物资资助，助推产业发展；我每年的养老金有一千多。我们家在前年就脱贫了。困扰我们村好多年的饮水问题彻底解决啦；村里安装了太阳能路灯；去年年底开通了我们谷坡村有史以来的第一趟进城公交车，每天进出村各一班，逢赶集天加开一班。

我忘记告诉你们啦，村里制定了《“十要十好”村规民约》，开展了“感党恩、听党话、跟党走”等活动，你们一定要知党恩感党恩，虽在外务工，但仍是我们谷坡村的人，在外一定要遵纪守法、勤劳肯干。

第二句话：你们若能回来创业，我满心欢喜。

刚才我讲啦，我在家，你们放心。但话说回来，你们在外，我很牵挂你们。兴娥、银芝都是奔60岁的人了，在外务工也不是长久之计；梁华30岁出头了，还没有结婚。请你们考虑回家创业的事。驻村工作队和村支两委会想办法。我们的黄金茶新增150亩，目前已建成1个菌包生产中心、28个栽培大棚，培育合作社掌握了由原料到出菇的全流程技术，我们村林地多、环境好，适于林下放养土鸡，生态土鸡每只能卖到120元。

我要特别跟梁华讲几句。你不要总认为自己文化水平不高导致无法创业或创业不成功。村里的产业发展规划，既能为文化程度较高的年轻人提供致富门路，也能为有一定劳动能力的人解决增收渠道。发展产业的一些技术问题，不是你的文化程度问题，而是你想不想学的问题。比如省微生物研究院派出1名专职食用菌技术专家驻村，专家团队由原来的3人增加到现在的4人，开展技术服务，有手把手教的师傅。驻村工作队的欧阳臻队长说，如果你想学其他技术，他负责联系并落实。我做梦都希望你回乡创业，结婚成家，我家四世同堂。晚上我与曾孙看你打篮球，你妈和你媳妇跳广场舞，你爸耍苗刀。

梁安清

2020年1月15日

用一辈子去怀念

2020年1月20日

写信人：潘方方（长沙浏阳市扶贫办）

亲爱的老公：

相识5年，结婚4年，好像第一次给你写信。借着"'浏'有温情家书传"活动，请让我对你说说心里话。

2017年1月11日，我来到浏阳市扶贫办，成为一名普通的扶贫干部，负责文字材料工作。那时候娃娃才9个月，我断了奶，狠心送回了乡下娘家。我放弃了乡镇中层干部的身份，毅然来到市直单位，那时候的初衷是为了离家更近，因为你在长沙工作，我们的家也安在了星沙。

那时候，市直领导对我说，这里很辛苦，你要做好充分的心理准备。我说，我不怕。我说的是真心话，我们都是从小吃惯了苦的农村孩子，知道没有谁会替我们铺好未来的路，只有自己脚踏实地。只是我还是低估了这份工作的艰巨性。市委市政府将脱贫攻坚工作作为全市的头等大事和第一民生工程在推进。作为一名文字工作者，不仅要协助准备各种重要会议的材料，还要撰写各种报告、经验文章等，工作任务的繁重远远超过自己的预期，以至于娃娃在乡下的日子，我有段时间一个多月见一次都成了常事。有时候特别想崽，我会晚上开车回乡下，家门口的路七弯八扭总让我紧张，我总是把脖子伸得很长，这般情景竟跟家门口一直等我回家的娃娃脖子伸得老长的模样十分相似。

娃娃上幼儿园，我们把她接回了星沙，由“三地分居”变回了“两地分居”。娃在视频中看到我的宿舍说她去过妈妈的家。在她眼里，浏阳的临时宿舍才是我的家。从事扶贫3年零9天，我们俩从来没有为工作的事情红过脸，吵过架。听有些扶贫人“吐槽”，自从干了扶贫，回家挨骂是常态。可在我们家，从来没有发生过，因为彼此绝对的忠诚，彼此无条件的信任，就是我们一起形成的默契。

对于自己选择的工作，我从来没有后悔。因为参与，我见证了2017年全市33个贫困村顺利退出，2018年顺利迎接国检，2019年脱贫攻坚工作经验受到国务院扶贫办肯定批示，全市贫困发生率下降到了0.12%。我和大家一样，对这样翻天覆地的变化感到十分激动。

我只是全市1万多名扶贫干部中最不起眼的一个，但我知道，在你心里我才是那颗最耀眼的星星，对吗？

马上就要过年了，希望新年你能更胖点，我能更瘦点，咱们的小家永远幸福平安！也希望你能和我一起见证全面决胜脱贫攻坚战的“高光时刻”！

外表和内心都让你安全的老婆：方

2020年1月20日

现在，我坐在新房客厅给你写信

2020 年 1 月 19 日

写信人：龙老银（湘西州花垣县民乐镇梳子山村）

代写志愿者：唐安元（湘西州花垣县发改局）

记荣：

已经有一段时间没有通信了，你们现在都还好？

转眼已近年关，匆匆一算，距离你上次回家过年已经有两年了。

每次打电话，我和你爷爷耳朵不好，电话声音小，往往听不清楚电话那头你的声音，又怕讲得太久了浪费电话费，很少跟你提起我们近两年的变化。今天，在志愿者的帮助下，我写信上给你摆一摆吧。

我们住进新房了。现在我就坐在咱家新房的客厅里面给你写信，这里比我们以前在马岩的房子敞亮多了。我们的新房有两层楼，我和你爷爷年纪大了，上下楼不方便，我们住在一楼的卧室里面。曾孙荣豪、荣彬说二楼的光线好，可以看到山上的风景，他们同住在二楼的房间里，二楼还有一个房间是留给你和孙儿媳妇的。

我们用水方便了。我们不用再挑着桶子去打井水了，自来水直接进到了家里。厨房里面有水，煮饭炒菜可以直接接水。我们新房的厕所是水冲式的，洗脸洗澡都可以在里面洗。我盘算着，过一阵子我们家也要装个热水器，这样洗漱就方便多了。我们现在用水用电都是免费的。

我们赶集方便了。以前在马岩的时候，离集市远，每次出门都要走很远的路，你总是担心我们赶集困难，路太远，赶车难，买到东西了背不动。我们的新家离民乐镇大街很近，只有四五分钟的步行路程，我们赶集不用像以前那样赶早了。这里还有直通花垣县城的公交招呼点，从镇子上出发到花垣的公交车都从这里路过，约半个小时有一趟车，我们偶尔去趟县城也方便多了。

小孩念书方便了。以前，荣豪、荣彬到镇上念书，因为年纪小，只能由民乐镇的亲戚照顾，一两个星期才能回来一次，每次刮风下雨，我们都担心他们衣服穿少了招风受凉。现在，他们每天上学都是从家里出发，下午放学都能准时回到家，我们也放心了，荣豪、荣彬学习也更加认真了。

我们家有菜地了。家门口旁边的一块大空地，是政府划给我们的菜地。搬过来后不久，我和你爷爷就抽空把它翻了。这块菜地我们划成了几小块，一块用来种点香葱大蒜，一块用来种青菜萝卜，还有一块我们今年种了很多的辣椒。今年雨水充足，我们收了很多辣椒，青菜、香葱现在长得可好了。

爷爷有了新爱好。搬迁区的中央，是一个大的广场，足足可以容纳几百人在这里聚会。每逢夜幕降临，路灯点亮，充满节奏的音乐声从广场传来，左邻右舍的妇女老幼各自组成了舞蹈队。你爷爷不知道什么时候也学会了，天天跳舞。

收到入股分红了。我们的旧房子已经拆除了，并且平整成了菜地，政府按照旧房拆除面积和平整土地的面积给我们折算补贴，我们共收到了1万多块钱的补贴。我们家的宅基地和其他空置的土地，都入股了村集体合作社，用来种植黄金茶和养殖土鸡。前几天，村干部找到我，告诉我，我们村已经发放入股合作社的分红了，我们家得了几千块钱。

我也拿到工资了。村里面考虑到我们家庭负担重，并且看到我还能劳动，特意给我安排了安置区保洁员的工作，主要工作就是负责清扫安置区内的垃圾，每个月有600块钱的工资，虽然钱不多，但也足够我和你妈每个月的花销了。

我和你爷爷虽然年纪大了，但是生活还能完全自理，你要努力工作，注意保护身体，一切不要挂念。

祝：工作顺利，身体安康！

你的奶奶：龙老银

2020年1月19日

用党的这份恩情去回馈社会

2020 年 1 月 12 日

写信人：刘胜良（长沙宁乡市横市镇云山村横木冲组）

代写志愿者：刘尚华（长沙宁乡市白马桥街道龙江小学）

香知我的女儿：

学习很忙吗？

平时电话三言两语的，难以表达我内心的想法，有时候你放月假我却还在外面做事，我们父女俩难以找到一个合适的机会进行沟通。想给你写封信，却因读书不多，很多句子不会用。今天我家的帮扶责任人刘尚华同志来走访我，我把我的这个困惑告诉他，他很乐意代笔为我们父女俩架设一座心灵沟通的桥梁。

香知，我家是建档贫困户，这个称呼让你在同学中抬不起头吧，因为几次你换学校需要统计这个数据时，你都迟迟不告知老师，每次都是老师打电话给我核实的。

香知，你还小，不懂得作为父亲的我是怎样被“建档贫困户”这个称谓几度唤醒生活的勇气，更不懂得年轻时的我，是怎样地绝望过。我身患残疾，没有人家瞧得起我，但这些都不足以打败我，就算是全世界都忽视我，我也要让自己活得坦坦荡荡。当时我的家庭经济困难，饥饿时常提醒我，必须先填饱肚子。后来，和我同龄的男女青年都陆续成家，而我犹如枫树尖上的一棵草，毫无着落。直到有人给我介绍了你妈，我对你妈一见钟情，她是今生唯一一个不嫌弃我的女人，她在别人眼里有各种不足，反应迟钝，不懂世故，这是别人对她的评价，但在我眼里，她简单，没心机，素简，纯洁，很好相处。你妈妈不嫌弃我，我钟情她，还加上我们都被世界边缘化了，我们抱团取暖，我们一起度过了人生最美好的岁月。后来你姐姐和你相继出世，给我们的生活带来了更美好的期待，我们一心期待你们姐妹俩能活得比我们好，不被人瞧不起就行。

你们姐妹如果想跳出我们的生活局限，读书是唯一的出路。你和你姐姐很争气，读书根本不需要我们操心，成绩很好，在学校表现也很好，但学费是我巨大的经济缺口，别人能做的活我做不了，别人能打的工我打不了，我根本挣不到养活一家四口的生活费，眼看着你们姐妹濒临失学的境地，我一个人偷偷地哭过，晚上躺在床上想过很多增加收入的方法，但都因为身体原因无法实现。就在我陷入绝境的时候，村上的干部找到我，告诉我你们姐妹俩可以免费入学。这个天大的好消息从天而降，我高兴得晚上睡不着，一睡着就笑醒了，你们姐妹是上天馈赠给我最好的礼物，减免你们的学费是党给我雪中送炭。

再后来，我们家的信息被录入扶贫档案，我们家是建档贫困户，是党重点关注的对象，随后各种优待接踵而来：我找到了工作，上级指导我们家养蜂，你妈妈也能自食其力，我和你妈妈都找到了社会的角色感。香知，“建档贫困户”这个词语，并不是对我们家庭经济的否定，我认为是党对我们的关心所在，是国家关注民生的重要举措。只要我们不等不靠，用自己的双手换取丰衣足食的生活，我们就是党最贴心的儿女，我们要以“建档贫困户”这个无上温暖的词语督促自己堂堂正正做人，我们以后要用党的这份恩情去回馈社会。

香知，我对社会充满了感恩，一个充满了感恩之心的家庭，精神上永不贫穷。

孩子，什么时候放月假，回家看看妈妈养的蜂，听说产蜜量还可以，要你妈妈自己多泡点蜂蜜水喝喝。爸爸工作挺好的，不很累，你在学校好好学习，我们分头努力。加油！

祝你：

学习进步！天天开心！

你的爸爸：刘胜良

2020年1月12日

爸爸妈妈，你们过年会回吗？

2020年1月16日

写信人：吴佳敏（湘西州凤凰县山江镇鱼井村，凤凰县板畔学区）

爸爸妈妈：

你们好！

赠人玫瑰，手留余香。从上小学开始老师就教育我们要乐于助人，常怀一颗感恩的心。时至今日，已成为初中生的我仍铭记于心，也期许有朝一日自己会越来越强大，尽己之力帮助他人。

爸爸妈妈，今天家里来了好几拨人，都是来关爱我们几姊妹的。有学校的老师，有村里和乡里的领导，还有驻村的工作队。年关将近，他们都是来看望我们的，家里实在太热闹了。

爸爸妈妈你们走的时候我非常痛苦，哭得十分伤心，我不敢想象你们走后的日子该怎么过，但你们走后发生了很多事情。学校的老师把我们当作自己的孩子一样关心照顾，生病了会给我们买药；村里和乡里的领导时常来探望我们，还给我们送了很多生活用品；村里的工作队给我们送来了衣服、大米、油、棉被等。驻村工作队经常在村里走访，我不会做的题目都可以问他们。有一次老师布置了几个很难的数学题目，我想了很久都做不出来，那天他们刚好入户到我们家，给我提供了解题思路，帮助我完成学习任务。那一次全班没几个同学能把那道题目做对，而我就是做对的其中一个。他们在我难过的时候会安慰我，他们说你们最大的愿望就是让我开心快乐没有忧愁，所以我不能让你们失望，他们还告诉我，要努力学习，让你们为我自豪。我一定要好好学习，成为你们的骄傲。

爸爸妈妈，如今村组公路已经硬化起来了，村里机耕道也修好了。放眼望去，村里大大小小的楼房建起来了，环境卫生也得到了进一步的改善，晚上出门再也不怕摸黑了。哦，对了，妈妈，以前通向外公外婆家的那条泥泞小路已经变成大马路了，周末的时候我可以随时去看望外婆了，帮外婆洗衣服做点家务，这是最让我高兴的一件事了。

在村子周边还有一些小型加工厂和一些制伞厂，听说也在招人，很多同学的爸爸妈妈都回来到那里工作了。你们今年过年可以回来吗？回来的话就在这边上班吧，不要再出去了。我想你们。

女儿：吴佳敏

2020年1月16日

所有的期待都在不远处

2020 年 1 月 16 日

写信人：谢太云（郴州技师学院，驻汝城县暖水镇北水村扶贫队）

亲爱的老婆：

来汝城县暖水镇驻村帮扶工作今年已是第四年了，我们聚少离多，没有陪在儿子身边，不知他是否念叨我？是否听你话？

记得那时接到单位的驻村安排，儿子才读一年级，这一晃就读四年级了，时间过得好快呀。而你在医院上班，事多，也忙，照顾儿子辛苦啦！

当初选择来这么远的地方驻村，跟你商议时担心你不同意，不想让我离开家。没想到你鼓励我说："领导信任你，那里的老百姓需要你，就去。家里你不用操心，儿子有我。你到村里好好干，要为村民多办点事……"

到帮扶村北水村担任工作队队长，面对新的工作环境，虽然每天我都向村支两委、老党员了解村情，我心里还是没有底，好多天晚上都失眠。心情低落的时候总会想起你对我说的话，想到你这么支持我，鼓励我，信任我！通过一段时间的走访入户，与老百姓拉家常，宣讲扶贫政策等，我渐渐熟悉了这里的环境，对驻村的工作有了新的认识和想法，我相信我能很好地与三支队伍一起，努力为村里的老百姓做点事。

当初儿子在电话那头想爸爸，哭得稀里哗啦……我的眼睛酸酸的，心里也不是滋味呀。你要常跟他说："你爸爸去一个美丽的乡村驻村去了，那里有很多和你一样大的小朋友家里需要帮助。他每天都很想你，你乖乖地听话，他就会回来看你了。"

亲爱的老婆，我离开家以后，家里的担子全部都落在了你肩上，无论家中大小事务，我知道你一个人承担很辛苦，而我只能把对你的愧疚藏在心里，激励我去做更多有意义的事，帮助到更多的人，也让我们都能在不同的环境中收获成长，在帮助别人的同时也获得更多的幸福。

我在这边生活得很好，镇村领导、干部和工作队的同事对我生活上和工作上都很关心照顾，单位上的领导和同事也给予了我极大的帮助和关怀。村里的五个村干部都很热情好客。我会竭尽全力帮扶村里的老百姓，想方设法带领他们脱贫致富，不辱使命，认真工作。

老婆，说了这么多，就是不想让你和家人担心。等到完成任务那天，我就回到你身边，扛起家里的担子，努力照顾好双方的父母、善良的你还有我们的孩子。我相信所有的期待都在不远处等着你我！

我的青春，因为我的驻村经历会更加精彩；我的帮扶村，因为有我们的汗水会更加充满活力与生机。

老婆，记得照顾好自己，想念你，保重……

爱你的老公：谢太云

2020年1月16日

妈妈，您是我们家最大的功臣

2020年1月22日

写信人：金媛（湖南省妇联，驻邵阳山界回族乡架枧村帮扶工作队）

妈妈：

好久不见，真想您啊，马上就要过年了，真想立刻回到你们的身边。可是，村里的事情千头万绪，年底正是忙的时候，请你们再等我几天，好吗？

转眼，来架枧村快两年了。在我们扶贫队和村民的共同努力下，359户、1498人实现了整村脱贫！妈妈，您一定很为我感到高兴吧？我没有辜负组织的信任。

还记得，2018年初我刚来的时候，真的困难重重。刚到村里第一天，我就吃了“闭门羹”。老乡们说他们这村缺水，石头山，种不出什么东西来，搞不了什么产业。置身于一片反对声中，我心里很不是滋味。产业扶贫是增加贫困户收入的有效途径，也是稳定脱贫的新出路。我必须想办法，转变村民的观念！我走遍了村里的每一块地，每一座山，鞋子都走坏了几双。根据自然条件分析，这里最适合散养土鸡。宣讲扶贫政策和产业项目的时候，好多人都不肯来。我们干脆到老百姓家里办起了“扶贫夜校”，把扶贫政策和其他贫困村的成功案例做成PPT，晚上搬着投影仪，挨家挨户播放给大家看。

做通思想工作后，我们在村里成立了公司和养殖专业合作社，请专家来培训了50名养鸡专业户，用“公司+合作社+农户”的模式发展土鸡养殖。我们还组织结对帮扶人为贫困户捐资5万元入股合作社，享受保底分红。年前，我们合作社的土鸡销售一空，有的村民分红达到了4000元！当初不理解我的，现在直夸我聪明。我的智慧是您给的。妈妈，您知道吗？刚来村里的时候，他们都觉得我像个小姑娘，对我没信心，去村民家里听得最多的是批评。村里的妇女们大多没有经济收入，过得很苦，在家的妇女能干些什么？我想到了手工编织，我要带领妇女同胞加入扶贫车间，带领她们脱贫致富！

虽然说出了豪言壮语，但是做起来真的是太难了。起初，扶贫车间没有订单，我心急如焚，起早贪黑带着村干部去镇上、县城、省城，跑订单和推销产品。我们想了很多办法，让车间转型，还开了扶贫网店。后来，有了订单，我带着妇女们学剪裁，去市场进布料，讨价还价，车间赶货的时候，我还去顶替工位，活生生地把自己逼成了一个身兼销售和裁缝的扶贫队长。现在的扶贫车间线下有制衣加工、手工编织，线上有电商平台，还提供色彩搭配、月嫂培训等技能培训。前两天，我们又接到了一笔大的订单，大伙儿正加班加点忙着，巾帼不让须眉。妈妈，您知道吗？那些妇女一个月能拿到几千元的收入。

您一定记得，我小时候是个爱哭的娃娃，每次遇到困难就会掉眼泪。您总会厉声和我说，哭，解决不了问题，擦干眼泪，快想想有什么解决办法。渐渐地，我学会了坚强面对。妈妈，您知道吗？在我心中您就是一个特别坚毅的女性，您在工作和生活中那种雷厉风行的干劲和一心为公的奉献精神深深影响着我，每次觉得自己快要坚持不下去时，就想起您当年考会计证的场景，那时我才几岁吧，睡觉时您在打算盘，醒来后您还在打算盘，后来我问您为什么要天天这样啊？您说，妈妈考不好就影响工作，工作上的事情要竭尽全力啊！

我永远不会忘记，当初接到扶贫任务，小花朵还那么小，在我有些纠结犹豫时，是您给我巨大的鼓励。您说，既然组织信任你，你就好好去干，孩子我帮你带！

转眼就是两年，小花朵从不会说话到现在能表演节目，我错过了太多她的成长，我还天天和村里留守儿童的父母讲要多抽时间陪孩子关心孩子，可是我自己却无法做到。

妈妈，您总说我报喜不报忧，其实您又何尝不是这样？那次您推车带小花朵在小区玩，不小心摔了一跤，您下意识地先保护孩子，结果导致自己的手腕骨裂，医生建议住院，您却坚决不同意，还不要我爸告诉我，怕我分心。

去年夏天的时候，您带小花朵来村里看我，村里的孩子们都很喜欢这个城里的小妹妹。您还记得小雷、小兰、南南、轩轩、星星吗？他们都是从小就没有了妈妈的孩子。村里的失母儿童有20多个，特别需要关爱。我们在老村部建起了儿童之家，还争取到资金，完成了“省级儿童之家示范点”和“全国妇联儿童之家快乐家园项目”的建设，每周这里都会开展各种公益活动，爱心人士、志愿者们带孩子们阅读、画画，给孩子们义诊、做心理辅导。现在，他们都变得开朗自信多了，隔老远就叫我，一见我就往我怀里钻，孩子们还说以后要考大学！

妈妈，虽然村里已经脱贫了，但是2020年是脱贫攻坚决战决胜之年，我们工作队还要驻村帮扶，巩固脱贫成果，实施乡村振兴，让村民们更加幸福。脱贫战场就是祖国最需要我的地方，我既然来了就要坚持到底！妈妈，您放心，我一定会好好照顾自己，做好工作！您和爸爸更要保重好身体！

无论我们行得多远，离得多近，唯一不变的是对您的感恩。谢谢您，妈妈！

此致

敬礼！

挚爱您的女儿：媛

2020年1月22日

铭记来时路

2020年2月8日

写信人：时英俊（永州市保安镇坪石村）

远方的大哥大嫂及叔叔婶婶们：

鼠年吉祥！

原谅我，这个远嫁的妹妹。正月快过半，才想起给你们写信，对不住了。不是不想你们，而是因新冠肺炎疫情在全国蔓延，我们永州这边封路封村，哪都不能去，虽说不能回家，但我无怨无悔。

说起鼠年春节，这是一个原本开心快乐的节日，却被突如其来的疫情打破，人们只能蜗居在家中，不敢出门，不能走亲访友，战战兢兢，生怕感染上病毒。这个春节过得确实不开心，不痛快。而我这个远嫁的女子，空有一腔浓浓的思乡之情，却不能见面倾诉，只能托这几片素笺寄出我殷切的思乡苦。

大哥大嫂，腊月二十七，你们就闹热地打好年粑，磨好方块油炸豆腐，烘好大块的腊肉，腌好味道特别好的芥酸菜，发照片来告诉我，让我正月初三一定回娘家拜年，尝尝这些美味佳肴，顺便看望二叔、三叔、三婶三个80多岁的老人。我答应了你们的相邀。但正月初二一过，受县委、镇党委疫情防控指挥部安排，我们所有村委干部取消假期。每天我和辅警、义警同志及志愿者穿梭在各个自然村，手执小喇叭宣传和发放有关新冠病毒的资料，张贴横幅和宣传标语，挨家挨户苦口婆心，冷风细雨中孤独守卡，作为一名干部，能担起保卫村民安全的职责，觉得自豪感满满。

大哥大嫂，我没有让你们失望。离家千里，铭记来时路，我时刻记得父母和你们的谆谆教诲：做一个诚实、善良、有责任心的湘西苗家人。这几年，在党委政府及同事们的共同努力下，我村在扶贫攻坚道路上，取得了胜利。村中环境发生了翻天覆地的变化。水泥路村村相通，自来水户户相连，明亮的路灯盏盏高挂，宽敞且功能齐全的便民服务大楼也已兴建。村主任还成立了养鸡、养猪合作社，带动了农民就近务工。村里环境卫生整齐，干净美观，处处一片山美水秀的新农村景象。

大哥大嫂，我暂时不能回家拜年，这并不会阻断我们之间的亲情。我们在后方努力做好疫情防控工作，不拖后腿，就是帮前方医务人员的大忙。

不说了，该休息了，明天又要守卡，就让这几片信笺送去我的新春祝福，恭祝娘家亲人：

一帆风顺！健康幸福！

远方不孝的妹妹：时英俊

2020年2月8日

点亮山区孩子的梦想

2017年1月8日

写信人：蒋超（衡阳市雁峰区白沙实验学校，支教于衡阳市雁峰区飞雁学校）

亲爱的秦先生：

见字如面！屈指一算，我已经离开家里近两个月了，对你们甚是想念。两个月，体会到了离开家的深深思念，感受到了同事好友的关心关爱，经历过了独自在外的恐慌，也爱上了孩子们的童真美好。

犹记得我去支教的那个秋日的午后，你说："放心去圆你的支教梦吧，我会把大后方照顾得妥妥帖帖。"那一刻，我眼睛湿润了，家里有刚上初中的女儿正值成长的关键时期，有年迈多病的父亲和两鬓染霜的母亲，担子全压在你一个人身上，太重了！你知道，我是一名人民教师，正值国家全面脱贫攻坚战决战之际，组织需要我，你一句放心去吧，背后却默默地承担了太多太多……秦先生，你辛苦了。

每次打电话，你总是问我吃得好不好，穿得暖不暖，支教生活适应不。其实这里一切都挺好的，只不过最难熬的是对你和孩子的思念，对爸妈的挂牵。每当忙完了一天的工作，拖着疲惫的身体，来到冷清的宿舍，望着黢黑的夜空，听着窗外萧瑟的风儿，我的心比那冬夜还清冷孤寂。是你言语里满满的鼓励，给了我奋斗的勇气；是孩子们真挚的眼神和灿烂的笑容给了我坚守的信心。当我用自己瘦小的身躯，影响甚至引领着孩子们时，我终于确定，这无言的大山，给了我无尽的力量。是啊，既然选择了这段支教生活，就只顾风雨兼程了。

秦先生，你知道吗？作为一名支教教师，我想给这里的孩子插上梦想的翅膀，带着他们去外面的世界看一看；我想让每一个孩子都有肆意的青春和明亮的前程。但我能做的似乎太少、太少……我想唯有潜心钻研，竭尽所能上好每一节课，方能不辱使命。课堂上，我结合PPT、儿歌、游戏、微视频等多种形式来提高孩子们的学习兴趣；下课后，我用心关爱他们，利用闲暇时光了解孩子们的兴趣，和孩子们做朋友，为他们建立个人成长档案，成立学习互助小组。渐渐地，这些小可爱跟我的关系越来越亲近了。

经过一段时间的相处，我了解到学校有一群特殊的学生。在心里，我默默地关爱着这些孩子，也尽心尽力想为他们做些什么。

班上有好几个县福利院的孤儿。他们都因自身的残障很小就被父母遗弃了，有满脸疤痕的，有小儿麻痹症的，有患有肾炎的，这些孩子总少了点同龄人应有的简单和快乐，甚至或多或少有些毛病：暴躁、孤僻、厌学等。每每看到他们，我心里总不是滋味。我常常为他们梳洗头发，为他们擦脸洗手，给他们买玩具、书本，陪他们做作业、做手工。节假日常常把他们接到宿舍，一起玩耍、学习，让他们感受到亲人般的温暖。这样他们也一天天活泼开朗起来了。

“扶贫要扶志”，只有实现特困家庭自主“造血”，才能真正脱贫致富。对于班上的4个特困孩子，我一方面联系社会爱心人士，进行结对帮扶，为他们捐资捐物；另一方面关注孩子们的家庭情况，并和扶贫志愿者走进特困家庭，现场把脉，为他们谋求脱贫致富路子。

不是吹牛皮的，两个月的支教生活，我可是收获了大批小粉丝哟！县福利院那几个孩子说从来没见过我这么好的老师，等他们长大当了校长，一定给我涨工资；几个怯生生的小女孩，神神秘秘把我拉到一旁偷偷告诉我，班上的同学都喜欢我；班里几个小丫头，嘴巴抹了蜜似的，说要给我当贴心小棉袄……秦先生，你有没有特别骄傲呀？

还告诉你一个好消息啊，上个月我还收了几个小徒弟呢！应学校要求，我们几个支教教师，和十几名本校的青年教师结成师徒对子。我们积极上示范课、做讲座，聚在一起或集体备课，或编写导学案，或练习基本功……

秦先生，其实我一直清楚，对于主动请缨支教这项“苦差事”，女儿一开始并不理解，甚至跟我闹起了情绪，“世上没有你这样狠心的妈妈”。是你一次次沟通，并鼓励她跟我多打电话。她慢慢了解到我在支教工作中的辛苦，才渐渐懂得了支教的意义。上周她还很高兴地打电话跟我说：“妈妈在爱我的同时，也将爱带给更多需要关心的小朋友。妈妈，我为你骄傲。”在这里，我真的感觉被需要着。我感觉我就像一只小小的萤火虫，虽然力量很小，但是飞到哪里，总能让孩子们看到光亮。

洋洋洒洒的字，诉说不尽的是我的思念。秦先生，请你放心，支教很好，同事们和孩子们很好，我也很好。

遥祝你们身体安康！

你的妻子：超
2017年1月8日

我知道您一定会支持我

2020年2月14日

写信人：李德辉（湖南省康复辅具技术指导中心，驻湘西州泸溪县武溪镇红岩村扶贫队）

敬爱的父亲：

春节，它的代名词有很多，是团圆、是喜庆、是祥和……而今年，却尤为特殊。电视里、网络上铺天盖地都是疫情防控的点点滴滴，有抗击一线的医护人员、有轮番作业的普通工人、有热心公益的志愿者，有了他们，我们国家科学有效的防控措施才得以精准落地。但是，每当看到普通家庭被病毒感染后所面对的生离死别，看到许许多多“逆行者”的家书，鼻酸哽咽的我，才发现坚强刚毅的您早已泪眼婆娑。那刻我才发现，原来您的两鬓更斑白了，黝黑的脸颊仍然可以看到丝丝皱纹，而这些对于常年在外工作、只能电话短信跟您报平安的我来说，从来未曾发觉。千头万绪不禁涌上心头，好庆幸这个特殊的时刻我们能在一起，好庆幸我能成长在一个相亲相爱、家风优良的大家庭，好庆幸能有身为人民教师的您陪我成长，好庆幸您对我那些既严厉又慈爱的教诲，我都还记得，而且深深地刻在了脑海里……

您常说做人要懂得孝悌礼义。以前，总觉得人生很长，有大把的时间可以挥霍，在不知不觉间，时光荏苒，岁月如梭，我已成长为青壮年，您也已年过花甲。伴随着母亲因病离去的伤怀，对“子欲养而亲不待”的遗憾与伤感体会更为深刻。还记得，有一次我们兄妹在您与母亲早早外出务农未归之前，先做好了早餐，你们回来后给我们讲解“子路借米”。我与妹妹是龙凤胎，上学起就是同桌，有次因为越过桌面的“三八线”而大打出手。您把我领至校后的山坡上谈心谈话，讲述“孔融让梨”。那时候，您也常说做人要忠勇担当。孩提时代，最喜欢听您讲岳飞、杨家将等精忠报国的英雄故事，在耳濡目染下，我的身体里一直跳动着一颗爱国的红心，流淌着滚烫的报国热血。在领导和同事们的关心关怀下，我有幸参与到了脱贫攻坚这场新时代没有硝烟的战役中，成为一名驻村扶贫队员。我没有与父亲您商量，因为从我懂事起您就让我自己做决定，并且我也知道您一定会支持我，支持我用忠诚、干净、担当书写无悔的芳华，为打好打赢脱贫攻坚战贡献自己的力量。

因为出生在农村，成长在农村，我对农村有着天然的感情，也一直希望能为农村的发展贡献一份力量，纵使驻村扶贫又苦又累又危险。其实很多事情我从来没有向您提起过：在驻村期间被狗咬伤过；因山路崎岖，尤其雨雪天气加之地质灾害等，我们好几次差点遇险——有次车辆近半身悬空崖边、有次仅一米之差险被滑落的山石砸中等，好在最后都化险为夷。虽然脱贫攻坚战役艰苦，但在队长及领导和同事们的关心关怀下，我各方面都得到了锤炼与磨砺，更收获了村民们的信赖与喜笑颜开。

小时候您给我们讲三国故事，我对“勿以恶小而为之，勿以善小而不为”这句话时刻不敢忘却，并逐渐成为日常行为规范。“做事先做人，做人先立德”，所以您帮我起名时便把“德”字放于其中。人可以不成才，但一定要做好人。父爱如山，我已在您的庇护下长大，虽能力不足，但也将逐渐充当家庭盾牌的角色。在您的熏陶下我慢慢学会去关心关爱他人。在驻村期间，我会抽出时间去给村里的留守儿童辅导学习，去帮助留守老人、孤寡老人做些力所能及的事情。

每当在扶贫村村民家里嘘寒问暖之时，每当在扶贫村走访到与您年龄相仿的老人之时，我总会想起父亲您，想知道您是否一切安好……敬爱的父亲，如今孝悌之义这些道理我早已懂得，却终究对您亏欠太多，请您多多包涵。因为我会带着对您的这份亏欠，扎扎实实地做好本职工作，全身心投入到脱贫攻坚这场战役中去，一定不辱家风，不辱使命，继续以普通人的平凡去书写不平凡的人生，回报您的辛勤付出！

祝您身体健康！

您的儿子：德辉

2020年2月14日

走过风雨，

感谢有你

医道无国界

2020年5月12日

写信人：胡成平〔中南大学湘雅医院，中国（湖南）援助津巴布韦抗疫医疗队〕

爸爸：

见信好！

今天是我到津巴布韦的第一天。回想起从长沙到哈拉雷，从开始准备到抵达目的地，有点像做梦的感觉。还记得4月23日，我正在看门诊，突然一阵电话铃声打断了我的工作。电话那端传来了湖南省卫健委国际合作处曾清处长的声音，他通知我参加中国（湖南）援助津巴布韦抗疫医疗队，并担任专家组组长。当时我的心情非常复杂，激动、自豪、压力、内疚……

2020年新春伊始，新冠肺炎疫情出现，武汉封城。我年过六旬，未被批准驰援武汉，感到非常遗憾。现在，当听到点名要我去非洲驰援抗疫的消息，心情格外兴奋和激动；作为一名湘雅人、一名湖南医师、一名中国专家，能成为全球新冠肺炎抗疫的一分子我感到十分自豪。

中国湖南省自1985年开始向津巴布韦派遣医疗专家团队，35年来，已向津巴布韦派遣了17批医疗队167名医疗专家，两国卫生领域合作硕果累累。此次我作为援津抗疫医疗队专家组长，深感压力与责任巨大。我必须带领10位专家更好地彰显湘雅水平，推广湖南经验，贡献中国力量，为津巴布韦新冠疫情防控提出符合津方国情、切实可行的专业方案。

爸爸，你是知道的，接到通知的时候公公因病危正在住院抢救，由于医疗队每天都要集中培训，作为组长我必须每天与队员们在一起。公公离

中国赴津巴布韦抗疫医疗组合影

世那刻，我正带着队员们驱车前往湖南国际旅行卫生保健中心注射疫苗，这也在我的心中留下终身遗憾。也许命运总是给我开玩笑，2003年抗击SARS那段时间，我作为湖南省SARS救治组长，奔赴全省14个市州，当时妈妈因卵巢癌晚期正在抢救。夹在家庭和工作的矛盾中，我难以两全，最终妈妈在SARS期间去世，成为我最大的遗憾与内疚。我将注定永远背负着不孝的女儿和媳妇的负罪感。

爸爸，我还记得出发那天，凌晨四点半闹钟把我从睡梦中唤醒，窗外鱼肚白的天空令人心旷神怡。也许老天知道我们当天远征津巴布韦，要用明媚阳光为我们送行。五点半，科里的两位副主任和同事们，已在我家楼下等候，依依不舍的送别饱含着浓浓的情谊。

经过13个小时的飞行，飞机降落在津巴布韦首都哈拉雷机场。走出舱门便感受到非洲大自然的魅力。蓝天白云，风和日丽，气温适宜，旅途的疲劳顿时消失殆尽。我们的工作也从此刻开始了……

爸爸，女儿不在身边的日子，请千万照顾好自己，自古忠孝不能两全，原谅女儿又一次地远行。这次出行，不仅是一次医学救援任务，也是一次外交和政治任务，我们必将带着中国抗疫经验和湖南救治特色，不辱使命，为人类健康命运共同体贡献医学湘军的智慧和中国力量！

女儿：胡成平

2020年5月12日晚

不负二老所嘱

2020 年 2 月 13 日

写信人：赵春光（中南大学湘雅医院，中南大学湘雅医院第三批支援湖北国家医疗队）

父母大人敬启：

儿领命离湘赴鄂，已有一周，衣甚暖，食颇饱，眠极安，父母勿念为盼。

疫事一起，情形颇烈，武汉三镇，尽为病土。儿自领命，无一日不着白衣，无一日不在前线，施针药，救死伤，施我所学，冀有所得，不敢半点儿戏，不敢一丝懈怠，唯望不负二老所嘱，医院所托，国家所命。

常忆我父，着戎装，执甲兵，护卫南国天空，兵锋所指，宵小不敢窜犯；念我母，供三餐，勤耕织，耳提面命，受形秉气，养育之恩，日日挂怀。犹念垂髫之时，父母命我行正步，敬军礼，望我从军报国，以承父业。孩儿顽劣，未进行伍，唯报国之心，时时不敢涣散。今疫事一起，儿自请缨，蹈火而行，生死不念，唯忧我父，溽不知热，唯虑我母，寒不知冷。星汉两城，相隔甚远，不能绕膝床前，儿颇念之。但喜吾妻甚贤，可解二老孤怀，所需所命，可尽驱使，儿虽远离，亦如膝下。

此役，万余白衣，共赴国难，成功之日，相去不远。苍苍者天，必佑我等忠勇之士，茫茫者地，必承我等拳拳之心。待诏归来之日，忠孝亦成两全。然情势莫测，若儿成仁，望父母珍重。儿领国命，赴国难，纵死国，亦无憾。赵家有死国之士，荣莫大焉。青山甚好，处处可埋忠骨，成忠冢，无须马革裹尸返长沙，便留武汉，看这大好城市，如何重整河山。日后我父饮酒，如有酒花成簇，聚而不散，正是顽劣孩儿，来看我父；我母针织，如有线绳成结，屡理不开，便是孩儿春光，来探我母。

唯愿我父我母，衣暖，食饱，寝安，身健。儿在他乡，亦当自顾，父母无以为念。

时时戎马未歇肩，
不惧坎坷不惧难。
为有牺牲多壮志，
不破楼兰终不还。

不孝儿春光顿首，顿首，再顿首

2020年2月13日深夜

我会是你永远的避风港

2020年5月14日

写信人：徐芙蓉〔湖南省人民医院，中国（湖南）援助津巴布韦抗疫医疗队〕

亲爱的宝贝：

当你看到这封信的时候，妈妈正在万里之遥的非洲国家津巴布韦共和国，执行一个光荣而又艰巨的任务——作为中国医疗专家组成员赴津巴布韦抗击新冠疫情。

这是一个美丽的国家，虽说是冬季，但仍处处是蓝天白云、阳光明媚、鸟语花香、花红树绿、气温适宜，让人丝毫感觉不到冬天的气息。我想，要不是受疫情的影响，这里定会有另一番美景。妈妈每天和队员们一起工作，充实、安全、快乐，一切安好，请勿担心！

母亲节那天临睡前，你认认真真给妈妈画了一幅画，画上是一棵枝叶

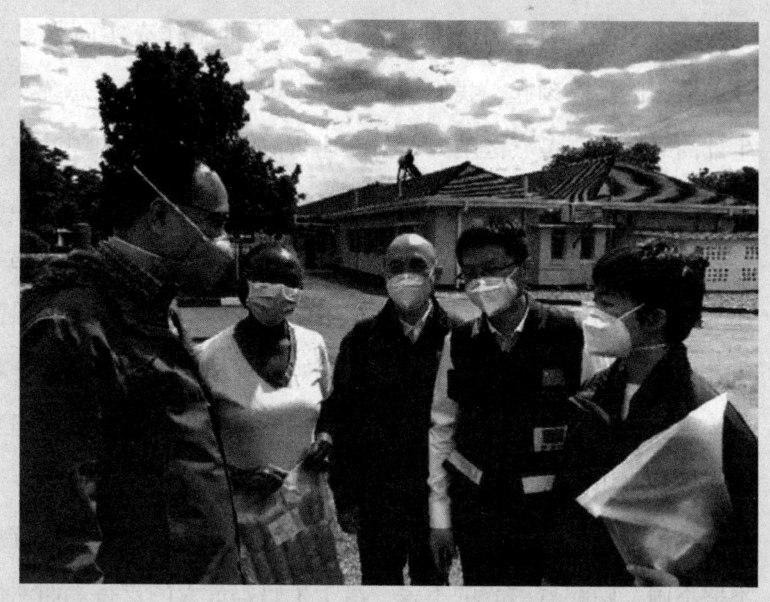

徐芙蓉（右一）和同事在津巴布韦

茂盛的大树，树的颜色有粉、绿、黄和棕，树的下面是穿着同样颜色衣服的小女孩。你说大树是妈妈，小女孩是你，大树永远是小女孩的避风港，四种颜色分别代表春夏秋冬四个季节，无论四季变化，爱永远在你心里。妈妈收到这幅画的时候，特别开心和感动，妈妈很喜欢这份节日礼物。谢谢你，宝贝！

黄冈战役最艰难的前半个月，是你给了妈妈无穷的力量，让妈妈越战越勇。那天晚上，妈妈正拿着纸笔在冥思苦想如何更好地开展工作解决困难时，你给妈妈打来了视频电话，你说“三八节”快到了，想唱首歌送给妈妈，那首歌名叫《听我说谢谢你》，当你唱到“你是我的天使，一路指引我，无论岁月变幻，爱你唱成歌”这句时，我就觉得什么困难都不怕了。以后每天，妈妈心里都唱着那首歌，告诉自己我不是一个人在战斗！宝贝，谢谢你，在我艰难的时候给我力量和勇气。

今天是来到津巴布韦的第四天，每天的工作充实而紧密，从上飞机穿上队服的那一刻起，我们就开始了真正的战斗！面见总统、副总统、卫生部高级官员，考察医院……不断地与他们分享我们中国的抗疫经验，湖南的抗疫实践，并给他们指导帮助，解答他们提出的各种问题。在分享的过程中，当看到他们纷纷点头赞赏和竖起大拇指的时候，妈妈心里涌动着作为一名中国人的自豪，感觉到祖国的强大和伟大，感觉到祖国的大国气质在世界的每一个角落散发光芒。妈妈希望你能感受到作为一名中国人的幸福感和自豪感，并在成长的过程中不断地锤炼自己，勇于担当、不畏艰难、乐于协作！

宝贝，我想说谢谢你，谢谢你在妈妈两次毅然决定奔赴抗疫一线时，不哭不闹，隐藏着内心的不舍，给予了妈妈最大的支持。谢谢你谅解妈妈不能在身边陪伴你，努力做自己生活的小主人；谢谢你让妈妈没有后顾之忧，放心去做妈妈想做的事情。

宝贝，你真的长大了，你永远是妈妈心中最棒的女儿，爱你！

爱你的妈妈

2020年5月14日

写于津巴布韦哈拉雷

深夜，写下对你的牵挂

庚子年元宵夜

写信人：吴益斌（湖南省药品审评认证与不良反应监测中心）

亲爱的老公：

你好！

这是一封不会寄给你，留待今后读给你听的家书。现在已是凌晨2点，还没有见你回家的身影。从去年腊月二十到今天元宵节，你几乎每天都是午夜过后才回家，今天又晚了一些，我不免担心起来。作为你的妻子，我既担心新冠肺炎防控一线出了险情，更担心你的身体能不能挺得住、吃得消。毕竟你是奔六的人了，毕竟你已经连续奋战二十余个日夜了。你未归，我睡不着，于是披衣坐到写字台前，写下对你的牵挂……

除夕，你第一次爽约年夜饭。我们早已和八十多岁的老母亲约定，农历腊月二十九下班后回老家，陪老人和兄弟姊妹团聚，结果，只能由我和女儿替你完成任务，大年三十回去陪老人家吃完午饭，算是替你尽了一份微薄的孝心。之后，我们匆匆赶回长沙，准备与你一起团年，谁知你依然无法回到这个相距仅仅几百米的家，与妻儿吃个团圆饭。回首往事，我们结婚已经整整三十年，除了你在国外学习期间外，你每年都利用有限的假期回乡下陪老母亲吃年夜饭，唯有今年你未能做到！老母亲虽然有点失望，但深明大义，只是要我转告你——自己保重好身体。

真没想到，在这阖家团聚的春节，在彼此相距不足千米的距离，我却要以最古老的方式——书信来传递对你的挂念。这些日子，你每天早出晚归，我给你发信息，提醒你用餐，你都无暇回复；每晚回家，你总是眉头紧锁、少言寡语、疲惫不堪的模样。我想和你说几句话，叮嘱你注意身体，但又不忍心耽误你有限的休息时间。我得尽可能让你多休息一会，因为你要随时掌握全省的疫情动态，你要在省委省政府的疫情防控会上报告情况，你要指挥组建医疗专家队伍驰援湖北，你要组织对全省患者的救治、疑似病例的筛查及密切接触者的医学观察，你还要协调调度医疗防护用品和相关药品物资的供应保障……我每天观看湖南卫视《湖南新闻联播》，了解湖南疫情动态，更为了看看你的精神状态。真是近在咫尺，如隔天涯！

众所周知，这是一场只许成功、不许失败的重大阻击战。你在坐镇指挥，看似在后方，其紧张程度并不亚于“一线”。你的工作至关重要，不得有半点纰漏。你的十二对脑神经，每时每刻都是紧绷的！看到你回家那副焦急憔悴的样子，我真心疼但又爱莫能助，想给你做点可口的饭菜，但你不让我送，因为你根本没有时间吃。每天早上，我只得往你公文包里塞几块巧克力或者沙琪玛等饱腹感强的零食，以防低血糖……

我们相濡以沫三十年，我深信你的睿智与果敢终将降伏“疫魔”。

连日来，你凭着自身的职业敏感性和数十年的疾病防控工作经验，果断决定省卫健委机关取消春节假期，与同事们一道夜以继日地指挥全省疫情防控……这让我坚信：在以习近平同志为核心的党中央和湖南省委、省政府的坚强领导下，你一定能率领全省健康卫士打赢这场没有硝烟的战争！

我和母亲、女儿期待你早日凯旋！

祝你一切安好！

你的爱妻

于庚子年元宵夜

让时间雕刻这段记忆

2020 年 2 月 14 日

写信人：江枫（娄底市美术馆）

收信人：江登临（娄底双峰人）

儿子：

老爸想你了，你可好？写信有点老土了，你妈撮我说，在这个时候写信有特殊的意义，我没有上当。直到昨天，你志诚叔叔来电话，说“登临前几天给我发来短信，要我劝你们不要去武汉，在娄底带好孙女，注意做好疫情防护，他一切都好”时，老爸无法再平复自己的心情。在你妈面前我一直很淡定，但其实我无时无刻不在想你，担心你的健康和安危。今晚，我突然觉得你妈说得有道理，土不土，不管它了，就用这种传统的方式，和我儿聊聊天，让时间雕刻这段记忆。

我从来没有像现在这样感觉到，我的儿子真的长大了。志诚说：“登临越来越懂事了，你们不必太担心，对社会他心中有大爱，对家人体贴且细心，足以为这一辈年轻人的楷模。”这番话，让我和你妈及小芳倍感欣慰。其实，我儿的侠义心肠并非现在才有。老爸记得你在读高中时，就救过一个落水儿童。那件事后，许多人说你是少年英雄，我却一直觉得你鲁莽，因为那时的你并不具备救人的本领，但我还是表扬了你，只是提醒：一定要在保证自身安全的前提下，去做你认为该做的事。这就是一个父亲的矛盾心理。你现在也做了父亲，也许要等艺艺和小鱼长大后，你才能够真正明白和理解一个父亲的荣誉与犹豫。

这次武汉突发疫情，你在已经回家的情况下，毅然选择逆向而行，返回武汉，组织你的朋友们，一起出资20万元，千方百计从外地厂家购买口罩，并动员厂家捐赠口罩，先后向武汉捐赠了105.3万只口罩。口罩啊口罩，对此时的武汉而言，哪是20万元哪，分明是一群中国青年的赤子之心！这种豪迈和侠义，让老爸深感震动，也发自内心为有你这样深明大义、为国家为民族敢于挺身而出的儿子骄傲自豪。

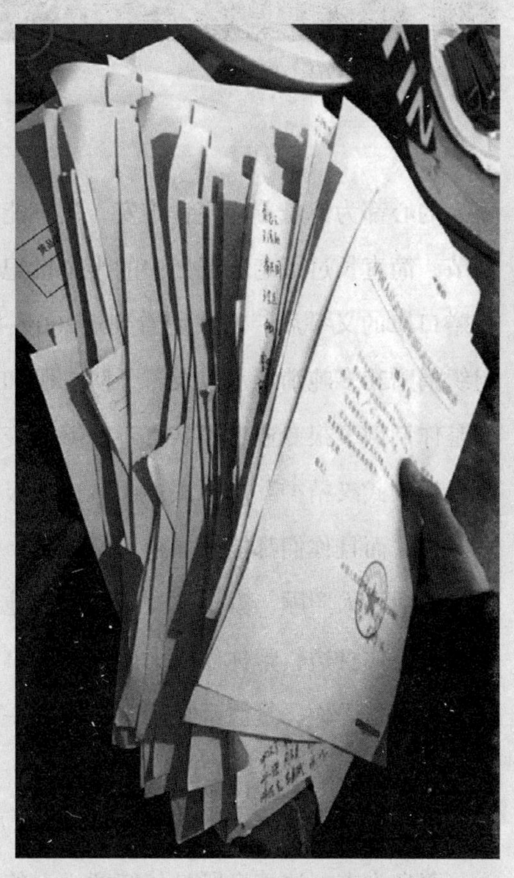

江登临等人组建的“武汉精神”爱心配送队免费派送口罩后收到的感谢信

你驾车独自返回武汉后，你妈哭了；小芳支持你去，假装没事人一样；我嘛，当然很“坚强”。这个春节，我们全

江登临等人捐赠的百万只口罩

家人的心都为你悬着，寝食难安，夜不能寐，一天一天数着日子过。这个春节，简直长过了老爸记忆中的半个世纪。当我和你妈看到媒体报道我儿捐赠口罩的义举后；当我们看到近200人加入你们的志愿团队，又发动和组织捐赠30多吨消毒水以及若干防护服和护目镜后，我们是喜忧参半。喜的是你们做事很专业、很认真，能够在疫情暴发之初快速反应，在武汉率先组建“武汉精神”志愿服务团队，在极短的时间内将救援物资有序地发放下去，而且你们都能够懂得科学防护、保护自己。忧的是你一个人在武汉的生活没人照顾，家里可有余米和其他食物？如果可能，我和你妈是真的想陪在你身边，帮你做些力所能及的事。可是，我们明白，不能鲁莽前往，那不是爱你，是添乱！现在我们唯一能做的，就是安安静静在家自我隔离，带好两个宝贝孙女。

老爸十分赞赏你这次说的“生而为人，务必善良”，是的，活在世上，善良为本，这善良既是传统意义上的人的良善，也是对事业对追求对价值的善始善终循良而行。

好了，唠唠叨叨这么多，有些婆婆妈妈了。家中诸事我儿不要挂念，父母妻子皆康健，艺艺和小鱼每天蹦蹦跳跳天真快乐，只是时常说想爸爸。盼早日团聚。祝福武汉！祝福中国！祈祷我儿平安吉祥！

永远爱你的老爸

2020年2月14日

您永远是我人生路上的灯塔

2020 年 3 月 8 日

收信人：朱建勋（曾为娄底市城市管理和综合执法局珠山公园管理办公室干部、娄星区蓝天救援队队员。2020年被中共娄底市委追授“全市优秀共产党员”称号）

亲爱的爸爸：

这是我长这么大第一次给您写信，可是，您却永远也看不见了，我心中有无限的悲恸，对您有太多的不舍。得知您永远离开的那天，我的大脑一片空白，如何能够接受我最亲爱的爸爸就这样没有了。就在前一天您还在群里分享您在抗击疫情第一线消毒的照片，现在怎么突然就一动不动地躺在那，怎么会，真的再也见不到您了。爸爸，您不是一直说我是您最心疼的宝贝，不能受任何委屈吗？可是为什么这次我如此撕心裂肺地呼唤您，您却一声也不会再回答我了！

后来熟悉您的每一个人都来告诉我，您因为疫情一直在娄底城区很多公共区域消毒；大家说您是一个英雄，告诉我您是一个很好很好的人，让我节哀。可是，作为您的女儿，我多希望所有的一切都只是一场噩梦，等到梦醒了，您依然是一个普通的老百姓，平平安安在我身边……

当面对突如其来的新冠肺炎疫情，蓝天救援队准备开展消毒行动时，您像往常一样毫不犹豫地参与其中，工作之余就去消毒。当时，我并没有怎么在意，因为您一直就是那么热心，只要一开展公益活动，总是有您的身影。您总对我说，这个社会想变得更好，就需要一些能为了大家而贡献出自己一份力的人。

就在春节前，我从上海回来时跟您讨论起这次疫情，特别担惊受怕。您当时为了稳定我的情绪，还开玩笑说非典和H1N1病毒我们家都没人中招，福气很大，这次算不了什么。可是没有想到，我视为超人一般的爸爸却因为劳累过度就这样倒下了，倒得那么突然，让我没有任何防备。

树欲静而风不止，子欲养而亲不待。爸爸，对不起，是我不好，是我没有好好关心您，没有及时让您多休息休息，没有好好地去体会过您的辛苦，没有想过您其实并非有超能力，其实也是一个普通人而已，也是需要我的安慰和叮嘱的。爸爸，您真的太辛苦了，只可惜，我知道得太晚了！这几天以来，只要一个人待着，我就会想您，现在我只能翻看以前我们俩之间的微信聊天记录来怀念您了。

以前还没有成年时，您经常告诉我长大了就要懂事，就要学会自己照顾自己一点，我当时还在心里觉得您不够爱我。可后来等我真的长大了，您每次联系我，却都是在担心着我。怕我着凉，怕我没有钱花。总会问我有什么需求，依然视我为一个没有长大的小朋友，生怕委屈了我，一直用您那健壮的羽翼保护着我。而我呢？却经常是求助您，就连和别人意见不合吵了架，也还要叨扰您。记得您告诉我：吵架了，要先自省，先道歉，先开口，这是一个很好的待人之道。如果别人不讲道理，也许是别人身体不好或心情不好，要学会多去体谅别人。

爸爸，您是那么善良，一辈子都是先为别人着想，不计较得失，也用这样的方式教育着我，希望我也成为一个满怀善意的人。爸爸，您放心，我会谨记您的教诲，永远都温良恭谦地去对待每一个人。爸爸，您可知道我有多遗憾吗？遗憾没能好好牵牵您那粗糙却温暖的手，遗憾没有及时回复您的每一条信息，遗憾没有多主动关心关心您，遗憾没能为您好好分担一些忧愁和苦恼，遗憾自己没能早一点让您享福。我追悔莫及。

爸爸，您不要担心，我已经长大了，我会好好照顾自己，照顾家人，努力向上。亲爱的爸爸，您永远都是我的榜样，我今后会继承您的遗志，为您最关注的公益事业贡献自己的力量，做一个对社会有用的人！您将永远是我人生路上的灯塔，指引我往最光亮处前进。亲爱的爸爸，愿您在天堂安息！

永远爱您的女儿 朱琬琪

2020年3月8日

我愿做你的入党介绍人

2020年2月28日

写信人：耿文峰（湖南省委机关服务中心通讯科）

收信人：周娜（中南大学湘雅医院，中南大学湘雅医院第三批支援湖北国家医疗队）

亲爱的老婆：

见字如面，你好吗？休息得好不好？

我们朝夕相处生活了7年，还是第一次提笔给你写信。今天是你在抗疫前线工作的第22天了，岁月如流，一日三秋，你踏上奔赴武汉列车的那一幕时时呈现在眼前，相信无论是你，还是我，还是我们的家人都是刻骨铭心的。

还记得武汉封城的第二天，在和家人聊天时你就说，武汉现在肯定很缺少像我们这样在呼吸科和重症监护科室有工作经验的医生和护士。当时妈妈还说了一句，那你要去支援武汉吗？你说有点害怕……

周娜工作中

然而，2月6日晚11点，你在工作群中看到单位转发国家卫健委发出的通知：湘雅医院即刻集结130名第三批支援湖北国家医疗队去武汉抗击疫情，并要求2月7日就要出征，接管武汉协和医院西院重症病房。你当即决定主动请缨报名参战，你对我说："老公我想去武汉。"我看到你坚定的眼神，既为你的大爱精神所感染，也为你的个人安危感到担忧。年仅3岁的仔仔天真地以为你要带她出去玩，高兴地喊着"我也要去，我也要去"。你抱着她温柔地说："宝贝，妈妈去打病毒，打怪兽，你和爸爸在家等妈妈回来好吗？"仔仔"哇"地说了一句："那你就变成'小魔仙'了！"说完就拿起自己的魔法棒玩具玩了起来，看着懵懂的她我们竟无言以对……

老婆，我为你感到骄傲，也一定支持你。我知道你一定会去，因为我是共产党员，我懂你的心。国家有难，我们义不容辞。你勇敢地踏出了这一步，纵使前路艰难，也看得出你已无畏无惧。我既高兴又担心。就当是一场修行吧，医者仁心，去救死扶伤吧！

2月7日，你到武汉的第一天深夜，你告诉我你准备向党组织提交入党申请书。面对来势汹汹的疫情，你在申请书中表达了想要加入中国共产党的愿望，字里行间无不透露出迎难而上、勇于奉献的决心。你用自己的实际行动，为抗击疫情贡献自己的力量。视频中你开心地对我说："老公你要不要做我的入党介绍人呀？"

"我当然愿意啦！"

这个鼠年的春节，武汉疫情牵动了十几亿中国同胞的心，有许许多多和你一样的逆行者，有的人倒下了，又有更多的人在赶来，湘鄂两地一衣带水，有你们在，我们一定能战胜"新冠"，夺取这场阻击战的胜利！这些天我不知道多少次忍住要夺眶而出的泪水，多少次承受澎湃力量的冲击，此时我只想对你说：在战场上全力救助患者的同时，也一定保护好、

周娜的入党申请书

照顾好自己，家中一切安好，仔仔一切如常，请你放心！

你是我心中的英雄，是女儿心中的“小魔仙”，相信你定会打败“怪兽”，平安凯旋！

夫：耿文峰

2020年2月28日夜

三代人的情怀，我们共同守护

2020年2月12日

收信人：陈俊（益阳沅江市庆云山派出所）

沐子爹：

写下这封信是你被抽调去医院值守隔离病房的第三天，也是你吃住睡全在岗位上的第三天。今天，看到你发来的照片，不争气的眼泪在眼眶里打转。一张沙发上放着一个枕头一床被子，这就是你这几天和即将到来的值守日子里唯一能休息的地方。想到你那庞大的身躯窝在这张小小的沙发上，心里就不是个滋味。

回想前几天晚上你接到所里领导的电话，市里组建了临时隔离病房，需要派民警24小时值守，领导征求你的意见。看到你坚定的眼神，我一点也不意外。我知道，对这份职业、这身警服，你一直有种特殊的情怀。我理解，作为一名党员民警，在这场疫情防控阻击战中贡献自己的力量是崇高的使命。我也相信，你一定能扛起这份责任，一定会向组织交一份满意的答卷。

但是，已届花甲之年的婆婆却有着无尽的牵挂。作为一位母亲，除了你的职责和使命，她还特别担心你的安危。年前开始，你就是在值班处警、上门摸排疫情信息、小区值守、卡点值守中循环工作，不分昼夜，黑白颠倒。婆婆除了每天给你送上一杯热茶和一份叮嘱，也没多说什么。但这次，你去隔离病房值守，她真的很是担心。

你安慰我们："放心咯，没事的，我会注意防护。这本来就是我们的工作，爸爸都奋战在一线，我更应该冲在前面啦！"其实婆婆心里清楚，这些年，同为警察的父子俩是一边相互支持，也一边暗自较劲，老爸想为儿子树立标杆，儿子想青出于蓝而胜于蓝。即将退休的爸爸都主动请战奔赴一线，年轻力壮的你更是义无反顾。

洗完一个热水澡，带上一些简单的生活用品，穿戴好警服，你就雄赳赳气昂昂出门了，连与孩子们的拥抱都没来得及给。正如你平日去执行任务一样，不管前一天值班处警有多累，只要接到任务，只要穿上警服，你仿佛就被赋予了无穷的力量。

今天我下班一到家，两个小家伙就急着要和你视频，小崽看到手机那头穿着警服的你，很骄傲地说："我的爸爸是警察！"然后又昂着头拍着胸脯说："爷爷是老警察，爸爸是大警察，我是小警察。"是的，孩子们会因为你是警察而自豪，也会因为爷爷、爸爸都是警察而对警察这个职业情有独钟。与其说这是一种传承，不如说是一种情怀。

三代人的情怀，让我们一家人来共同守护！期待你平安归来！

沐子妈
2020年2月12日

我是您最忠实的追随者

2020年2月2日

写信人：宋坚（湖南省审计厅）

收信人：宋声云（湘潭市雨湖区姜畬镇新和村）

亲爱的父亲：

您可能没有想到，儿子会给您写信吧，这应该也是我给您写的第一封信。昨天听妈妈讲，最近您每天忙于新冠肺炎疫情防控工作，起早贪黑，走村串户，甚是辛苦。这让我感触很深，特别想跟您说说心里话。

春节是中国人千百年来最重视的传统节日，过一个平安、祥和、温暖的春节，是大家共同的心愿，寓意着来年家人平安顺遂。您也不例外，特别看重这个日子，每到这个时候，您都会提前备好年货，忙活着张罗一桌好菜，欢庆一家团圆。然而新冠肺炎疫情却打破了今年春节的平静祥和。

生命重于泰山，疫情就是命令。您果断放弃了与我们团聚的时间，毅然率先带领村干部全村“抗疫”，成为万千最美“逆行者”中的一员。我回想到多年前，您放弃在市里经商发家致富的机会，举家回到了农村干起了基层工作。当时很多人不解为何您愿意从“米糠里”跳到了“糟糠里”，您却说，一群人致富总比一个人致富要更有意义和价值。为此，您在这平凡的岗位上一干就是30年，将所有的青春韶华都奉献在了这片您深爱的土地上。习近平总书记曾说过，把每一项平凡工作做好就是不平凡。诚然，“金杯银杯不如群众口碑”。每当我碰到村民，他们都会热情地跟我打招呼，絮叨着您又帮他们解决了困难。群众质朴的情感、您的真情奉献，让我体会到伟大正寓于平凡之中。平凡的我们一样能高扬精神的风帆，一样能为社会的发展作出奉献，一样能绽开我们最美的心灵之花！这也让我立志成为一名人民公仆，造福桑梓。

如今一个口罩便是您的全部防疫装备，您却冲锋在前，不厌其烦地穿梭于每家每户做着登记、宣讲工作；当大家足不出户自我隔离的时候，您却在村部敞开大门严阵以待；您不是医生不是护士却带领着村干部活跃在最前线，成为一道亮丽的风景；您走过的每条泥泞小路，翻越的每座山丘，画出了人间大爱的最美弧线。您用执着与坚守，践行初心使命，构筑起了疫情防控的铜墙铁壁，是决战决胜疫情最硬挺的脊梁、最有力的保证。付出终有收获。我们欣喜地看到村里无一例确诊病例、无一例疑似病例。这是对您莫大的鼓舞与回报。

父亲，您是灯塔照亮我前行的路，您是阳光指点我向阳而生，您是最美“逆行者”，我便是您最忠实的追随者！

爱你的儿子

2020年2月2日

一生治湖，用一辈子保三湘四水安澜

2019年2月2日

收信人：余元君（湖南省水利厅原副总工程师。2019年1月19日在水利工程施工现场因公殉职，被追授“时代楷模”“最美奋斗者”荣誉称号，被列为第九届全国“人民满意的公务员”表彰对象）

元君：

今天是你离开的第15天，也是星期六。这会儿儿子上课去了，家里空荡荡的，我忍不住地想你，感觉你没走，你只是出了一个很长、很远的差……

昨晚我又梦见你了，你在水利厅篮球场带孩子打篮球，挥汗如雨，孩子笑得好开心。我翻看照片，才意识到，我们一家三口的合影只有两张，还都是十年前拍的。这张全家福艺术照是我刚学会团购时团的，你总说没时间，还是我硬拖着你去照的，照片上我们一家三口是那样幸福……你总说以后的日子还长，全家福还会有很多张，等儿子长大了，照片里的人也会增加……不着急，哪想到我们的缘分竟这样浅，十八年的夫妻情、十三年的父子情就在1月19日戛然而止。接到第一个电话叫我去岳阳时，我很忐忑，以为最严重的情况是收到你的病危通知书，可走到半路又接到岳阳的电话说不要去了，晚上会把你的灵柩运回来。我当时就蒙了，泪水顷刻如决堤的洪水，痛哭失声……

元君，说实在的，在当年众多追求者中，你不是最出色的，你家里兄弟姐妹多，穷，只有你一个出来工作，负担重，当时我妈并不看好。我选择你，是因为你的执着，你对我真的很好！

记得谈恋爱的时候，你每天下班前都准时来电话约我，陪我去吃饭、逛街，常带我去喝茶看湘江，当时的情景至今还历历在目……结婚后却只见你各种忙，再也没时间陪我去逛街买衣服。后来才知道，那时候，你为了有时间陪我，上班时分秒必争，晚上送我回家后，还经常赶回办公室“开夜车”，只是你没告诉我罢了。

元君，我知道你忙。2005年，你得知我怀孕的时候，开心得像个孩子，好不容易挤出时间陪我做了一次产检，也是唯一的一次。后来儿子出生了，那天，你从工地急匆匆地赶到医院，抱着儿子就是不肯撒手。可没两天，你又出差去了。你总喜欢利用周末和节假日出差，说这样不耽误工作，在你的字典里好像就没有节假日的概念。我早已习惯了一觉醒来你的书房还亮着灯光。你总说，今天的事不能拖到明天。我知道，你在做大事，在为我们的洞庭湖做大事。我理解你，你在洞庭湖边长大，知道湖区人民的苦痛，你想让家乡人民早日摆脱苦日子，想让湖区人民不再吃你吃过的苦，我支持你，更心疼你。

元君，我知道小时候你家里穷，为了供你上大学，九弟甚至没有完成初中学业就去打工了。而你又不肯用手中的权力为自家人谋利益。你感恩，用自家的钱支援家乡建设，接济有困难的家人，我不怨你也支持你。

你说你是农民的儿子，身子硬、底子好、扛造，我信你。你的体检指标超标那么多，你不当回事，我就真的以为没关系。2018年，你第一次休年假陪我们去了一趟成都，还特地去看了都江堰。今年1月13日，平时那么节俭的你却执意要给家里装暖气，说湖南今年冬天降雨多，长沙又潮又冷，怕我和儿子冻病了。可三天后，你出差了，就再也没有回来……

元君，你走后，我反复问纪炜之，你留了什么话给我们母子？你就真的一句话都没留下。你是在怨我吗？记得你常笑着说，没听我说过爱你的话，好像只有你爱我，而我不爱你。这几天我总在问自己，你是不是生我的气才离我而去的。因为我不习惯把爱挂在嘴边，不会像别人的妻子那样向老公撒娇，不够温柔也不够体贴，甚至对你任性耍脾气，埋怨你在家陪我们母子的时间少，向你抱怨我忙家务带孩子的苦累。而你对我，总是百般迁就包容。去年回常德临澧过年，我粗心地将车钥匙弄丢了，你一边安慰我别着急，一边帮我满屋子翻找，到小区调监控，请开锁师傅打开车门找，结果都没找到。你独自一人花了9个小时坐车往返长沙，取回了备用钥匙交到我手上。结婚十几年，因为我的大大咧咧没少给你添麻烦，可你从没有埋怨过半句，还总是乐呵呵地安慰我“别着急，总有办法解决的”“我去想办法，你安心在家里等我”。可现在，老公，我还能等得到你吗？你还会回来吗？

元君，老公，我是多么爱你！在家里，你就是一座大山，是我和儿子依靠的大山！你回来吧，你要是能回来，我一定当着儿子的面大声对你说：我爱你！！！

你走后，儿子在追悼会上一滴眼泪都没掉，回到家我问他：“你怎么了？”儿子说：“爸爸跟我说过，他不在家，我就是男子汉，要做家里的顶梁柱，要照顾好妈妈。妈妈，爸爸不在了，以后我就是你的依靠。”我抱着孩子痛哭了一场，儿子怎么那么像你？会读书像你，坚强懂事像你，体贴照顾人也像你！

元君，你就真的放得下我们撒手离去吗？我知道，你一定放不下！工作再忙，无论在哪儿，你都会打个电话跟家里报平安，跟儿子交流沟通。平时在家也会尽量抽时间辅导儿子的学习。这学期儿子期末考试得了7个“A”，他开心地打电话向你报喜，你答应他第二天晚上回来，还答应要给他奖励，2019年再休一次年假带我们出去旅游，可这些承诺，你都无法兑现了。

老公，你一句话都没留给我和儿子就走了，可你却留了那么多宝贵的治湖经验和技术给洞庭湖。你是洞庭湖的儿子，你用生命履行了你守护洞庭的誓言。你说：“人，一生不用追求名利，但必须要有成就感。”你做到了。你说要“一生治湖，用一辈子保三湘四水安澜”，你做到了。可你却没做到一生照顾我们母子的承诺。我不怪你，也不怨你，我现在只有后悔，无尽的后悔，为什么我们大部分的交流都在微信里、电话里；你忙，我该多督促你劳逸结合啊；不去照相馆我们也可以多拍几张全家福呀；我为什么就不任性一点，让你多休几个年假陪我们母子？你体检指标高，我为什么不拽着你去医院复检？你总是熬夜到凌晨三四点，我为什么不制止你？现在想任性已经来不及了。

你走后，我妈对我说：“这是上天对你的考验，你前半生太顺了，衣食工作无忧，儿子这么会读书，又有这么宠你爱你的老公……现在，元君走了，你要坚强。”是的，我要坚强，照顾好儿子，照顾好这个家，我会尽最大努力养育他、教育他，告诉他，他有一位多么优秀的父亲，告诉他父亲的一生不长但很精彩，告诉他人生的价值和意义，告诉他长大以后也要成为像父亲一样优秀的人。

老公，我会替你陪着儿子成长，希冀他学业有成，看着他结婚生子，伴着他延续我们的爱。过年了，我和儿子想和你再吃一顿团圆饭，就和以前一样；我想听你夸我做的菜好吃，就和以前一样；我想再抱抱你，就和以前一样。

元君，老公，我和儿子想你，永远想你……

黄宇

2019年2月2日星期六

展望明年春节

2020年1月22日

收信人：阳鹏（岳阳汨罗人，被评为第十一届“全国见义勇为英雄模范”，获第四届“全国道德模范”提名奖，获2012年“中国好人”荣誉称号）

鹏儿：

全家好！

今天是腊月二十八了，老家一直下着毛毛雨，温度很低，晚上我和你妈妈坐在火炉边烤火，不知不觉又谈起了你。半月前，你来电话说春节要值班，不回家过年，你妈妈一天到晚惦记着，老念叨着你。小年前，我给你寄了一点家里的腊鱼腊肉，不知是否收到？希望你在舟山过个热闹年。你妈妈身体在慢慢恢复，家里的大小事情你就不要牵挂了，你老爸身体还算硬朗，你安心工作我们就放心了。

上个星期，省里、市里的领导们又来我们家了，坐了很久，聊起了你当年的故事，还给我送了慰问金。这几天，我心里一直挺感动，党和政府这么多年了，还一直记着你，关心你，关心我们家，我也特别为有你这样一个好儿子感到骄傲！

2003年，你高考进入海军工程大学，2007年，你本科毕业分配至海军东海舰队工作。入伍离开家乡17年，我和你老妈天天牵挂你，天天念着你啊！我们就你这么一个儿子，却远隔着千山万水。2010年7月，你乘车回家探亲，遇上纵火歹徒，大巴一片火海，你不顾自己安危，救出了40多个乘客，自己却被烧伤了90%……在医院看到面目全非的你，老爸心里刀割一样地疼啊！你还没有脱离危险的那些天，你妈妈总是背着人哭，一遍又一遍对我讲，我们的儿子一定会挺过来的。那时，我们真的是生怕永远失去你这个儿子啊！

算一算，距你烧伤有10个年头了。这些年来，我被深深地感动着。国家给了你很高的荣誉，政府和部队为你疗伤，社会上的人都在表扬你，我想和你说，当年你的付出很值得！你看，都10年了，你身上的伤疤都好了，省里、岳阳市、汨罗市的领导还是每年都来看望我们，我在心里感激党和政府。爸爸是个农民，一辈子种地作田养牛养鸡，但是，从明年开始，我就不养牛了。我们家门口的屈子文化园越建越好了，成了国家4A级景区，去年市里在这里举办了很多大型活动，今年屈子文化园的领导关照我，说给我在园区找份工作，有点收入，也方便照顾你妈妈。这也是搭帮了国家的好政策，赶上了好时候，我知足了。你是我儿子，是国家培养的军人，你在部队更要好好干，不要骄傲，不要辜负大家的期望，要为部队争光，为家里争光。这是我最大的心愿。

今年端午节，汨罗要举办中国汨罗江国际诗歌艺术周，来自几十个国家的外国友人来汨罗拜祭屈原、为汨罗写文章。汨罗这些年的变化有蛮大，过去进城，我常常骑个摩托车，如今有了公交车，60岁以上老人坐车都不要钱。如今的农村比城里住得还舒服些，到处干干净净，山好水好空气好，人的心情舒畅，我和你妈妈都希望小孙子也能多回家里玩玩。

过去，爸爸忙着种田、做小生意，也没有好好陪过你们兄妹。转眼几十年过去，你们都成家立业了。爸爸希望你明年开春放假回家的时候，我们全家好好旅游一次，也不去多远，就围着汨罗江游一圈，到白水西长花海、长乐故事小镇走一走。一家人要拍张全家福，装裱好，好好在屋里挂起来。

儿子，今天就讲这么多了。第一次给你写信，还有些不太习惯。你莫笑话你老爸。

家里都好，不要挂念！祝你工作顺利，身体健康，家庭幸福！

爸爸：阳正建

2020年1月22日

活着就还有希望

2020 年 1 月 19 日

写信人：朱晓鹏（清华大学数学系）

收信人：肖光盛（娄底涟源人，获第七届“全国道德模范”荣誉称号，获2007年、2017年“中国好人”荣誉称号，获2012年、2016年“湖南省优秀共产党员”荣誉称号）

敬爱的肖爷爷：

您好！您和奶奶还好吧！天冷了，要注意身体。寒假我回来了，一直想去看你们。您总说，我身体不好就不麻烦了。我只好通过写信的方式和您说说心里话。

记得吗，您像家人一样来到我身边已经整整十年了。

2010年夏天，我成为学校有史以来第一个被清华录取的学生，拿到清华大学录取通知书的那一刻，我既开心又伤心。因为，贫困的家里已经拿不出高昂的学费了。父亲去世了，家里负债累累，小妹年幼，妈妈身体本来就不好！您知道吗，我甚至想过放弃，放弃心中的清华梦！

是您，来到了我身边，东奔西走为我筹措学费、生活费。那个烈日炎炎的夏天，当我从您手里接过那叠浸透了汗水的学费，我就暗暗下决心：“肖爷爷，您放心，我一定好好学习报答您。”

在清华校园里，每天我都是夜以继日地刻苦学习，希望早点回报社会。没想到，命运又和我开了个玩笑。大一期末，我突然晕倒，被医院确诊为脊髓血管瘤。医生说，可能一辈子也站不起来了。

您知道吗，那时我躺在床上，偷偷在被窝里哭。不仅仅是因为从发病起，身上那种“被人掐了麻筋”的神经疼让我痛不欲生，最折磨我的是绝望！为什么命运对我这么残酷？甚至，我脑海中有了轻生的念头。是一直默默关心我的您，不断打电话鼓励我，让我坚持下去。您还四处筹集善款，帮我治病，把我从死神手里又拉了回来！

我重新学习站立和走路。我摔倒过，无助过，失望过……是像您一样无数的爱心人士，是同学老师的支持，让我不再放弃。两年后，我终于再次回到了心爱的清华园。

受到您十多年无私公益的号召，我也想以自己的微薄之力去帮助他人。2016年，我和同学们发起创立了清华无障碍建设协会，宣传无障碍通行的理念，希望发挥清华大学的示范作用，让残障人士、老年人享受通行的便利。只要有时间，我还回家乡参加公益助学。我知道，和您比起来，我做得还远远不够。即使现在，我仍然不知道左半边身体还能不能康复，但是，只要我还活着，人生就还有希望。我能做的，就是不忘自己的初心，不忘自己的梦想，积极面对命运带给我的所有。因为，只有这样，才能不辜负所有不曾放弃我的人！

祝您新春快乐，福寿安康！

朱晓鹏

2020年1月19日

爷爷的美德不能忘

2020 年 1 月 21 日

写信人：陈重百（邵阳市双清区石桥街道办事处新鑫社区）

炯女：

你好！

又到过年了，每年过年按照我们家乡的习俗都要给死去的前辈烧纸供饭。今年是你爷爷去世十四周年，我想借此机会给远嫁深圳的你写封信，向你介绍一下你爷爷的情况，让你这个出生在邵阳市，却极少跟邵阳县绍田村的爷爷接触的人对他多些了解。

你爷爷陈安贵是1950年加入中国共产党的老土改干部，他有着纯朴而高尚的品德，做过的许多事让我终生难忘。

六十年代末期，受条件所限，我们家虽然较贫穷，但你爷爷的思想却从没贫穷过。那年降大雨，资江河水猛涨，涨洪水的时候，我正陪你爷爷在河边用罾扳鱼。扳着扳着，只见河里有四根杉树被洪水推浮着相继而下，机不可失，你爷爷马上拿着扳鱼时带来挖场地的锄头跑过去钩，钩一根拖一根，把它们全拖上了岸。树拖上岸后不久，住在河流上游的两个人便急急忙忙跑来了，解释说因为他们家地势低，涨水时只顾搬家具忘了搬屋后的树，树被洪水冲走了。你爷爷马上把树还给了他们。见毫不费劲就要回了树，那个人非常感激地搬起其中一根树，诚心诚意地说道：“伙计，这根树就留给你了。”站在旁边的我以为你爷爷费了那么大的劲把树拖上岸，肯定会收下那根树做报酬，谁知他却坚决拒绝了。

光阴似箭，二十年过去，弹指一挥间。到了八十年代，我们家这艘小船在你爷爷的正确操控下终于闯过了暗礁险滩，驶进了平静的港湾，迎来了县政府颁发的“双文明户”光荣匾。条件好了，按理说，你爷爷该安心待在家里享享清福了，可他身上那热爱劳动的本色永远褪不掉，人老了，手脚仍很年轻。一天到晚，他不是在田垄里挖土就是在山坡上牧牛；除草、施肥、砍柴，什么活都干。记得1986年初冬的一天，他去石崖上砍柴，用手攀扯着一根根杂木枝往上爬，遇到一棵扎根不牢的杂木，连根拔出，致使他稳不住身子，从七米多高的崖上骨碌碌滚下了崖底，摔断了背椎骨。骨伤治愈后，一年四季仍手不停脚不闲地忙这忙那，口里吃的五谷蔬菜都是他自己种的，灶里烧的柴都是他亲手砍的。我们从他那并不伟岸的身躯里感悟到他的巨大能量和难能可贵的精神，敬爱之情油然而生。

时间在悄悄地掳掠人的生命，你爷爷的身体也在日益衰弱，到了风烛残年，难逞英雄了。然而就在这时候，他却做了一件誉满乡里的大好事，被《邵阳日报》以“花甲老人救出溺水小孩”为题，发表在1994年6月27日头版。那年5月29日下午，66岁的他正在屋后的港子边挖土，忽然听到港那边响起了一个小孩急促的惊叫声："何得了！我弟弟掉进水里被水冲走了……"听到惊叫声，他转身一看，发现有一个小孩边喊边哭用手抓着港岸的树枝，屁股挨地蹲着移动，欲下水去救他弟弟。他马上挥手大声制止道："你不要下去，等我去救他！"刚跳进水，他的左脚板便被尖石刺穿了一个孔，疼痛钻心，无意间给他入水救人带来了更多的困难和威胁；但他硬是忍住痛，顶住寒冷游进港中，冒着生命危险把那小孩救上了岸。小孩父母带着那小孩提着两瓶酒和一条鱼来谢你爷爷，你爷爷不但没有收，而且还拿了一些自己孙子穿过的旧衣裤给那小孩穿。

女儿，你爷爷虽是个平凡的人，但他身上有不少闪光的优点，你要好好向他学习！

努力奋斗吧，女儿！中国的未来是充满希望的，你的未来也是充满希望的！

祝你：

万事如意，幸福快乐！

爸爸：陈重百

写于2020年元月21日

你为我撑起了一片天

2020年1月31日

写信人：曾秋香（湖南省农业农村厅下属农药检定所）

收信人：阳小民（湖南省农业农村厅下属土壤肥料工作站）

亲爱的老公：

作为你的妻子，现在的我，有太多话想对你说，却不知道从哪里开始。给你写信，真的不敢写，这是一种刺骨的感情晾晒。

曾经的我们，在同一所大学求学，在同一个部门工作，结成良缘，三口之家，其乐融融。2015年，湘雅医院给我的一纸诊断书，彻底改变了我们家的生活，也把你拉入了无边的苦难中（虽然你从来没把这当作苦难）。

是你，给了我把日子继续过下去的勇气和信心，鼓励我，安慰我，讲笑话让我开心，明知无望还四处求医问药，甚至自学中西医知识，给我查找可能的药物，尽管结果都一样，却给了我莫大的心理安慰。

我的身体功能在一个一个失去，你却一个一个把它们相继接过来了。我的手不能动，拿不动筷子了，你就喂我；我不能洗澡了，你成了我的搓澡大师；我不能走路了，你一步步推我前行；我不能说话了，你帮我买来眼控交流；我不能吃饭了，你帮我开辟第二条进食通道；我不能翻身了，你帮我一次一次地调整睡姿……总之，你就这样代替了我，一个人却活出了两个人的节奏。

你是我的御用美发师，美甲师，采耳师，洁牙大师，足浴大师，洗浴大师，按摩大师，全陪服务大师……你说，你的服务宗旨是：服务对象专一，服务技能精湛，服务态度一流，服务期限不限。

其实，这样的服务我是真不想要的，这对你太不公平，我又太过愧疚。这样的服务如果是双向的，那该有多好，我多希望能成为你的服务方，而不只是服务对象。

苦难的老公，这四年来你太辛苦了，你用你的臂膀撑起了我们家和我的一片天。你既当爹又当妈，同时扮演着儿子儿媳女儿女婿等多重角色，你用你的行动影响和征服了我们的家人，你是我们家最优秀的最有担当最帅气的男人。

实在不想写了，我怎么能如此拖累你，你的身体被我拖垮了，睡觉成了碎片式，没有一个完整睡眠，这样那样莫名其妙的毛病出来了。我真的心痛，却又无可奈何，恨我自己为什么要吵醒你。

我能怎么办，唯一能做的就是听话，没心没肺地过好每一天，不给你添乱。你告诉我“不要把自己当病人”，我一直就是这么做的；你的一声“快点好起来”，让我温暖倍增。

特别是躺在你身边时，你习惯性地抓住我的手，我感觉有无穷的力量、温暖和信心传递过来。此刻，多么希望时间能够静止，让身体不再恶化，让你的负担和压力不再增加。

我真的希望自己能好起来，哪怕是一天两天，因为我还有一些愿望没完成。我想陪你去看看我们的父母，尽一次孝；我想陪你添置几套衣服；我想陪你和女儿全家一起旅游一次；我想陪你一起健身锻炼……

我知道，没有我的陪伴，你能过得很好，但我还是要啰嗦几句，不要时时想着他人，对自己好点，吃得有营养一点，加强锻炼，身体棒棒的。

爱你的秋香

2020年1月31日

致敬生命里的那片海

2020年1月27日

写信人：危丹（湘潭湘乡市梅桥镇丰收村）

亲爱的海迪阿姨：

您好！很多年前，我就有过冲动，想给您——我心目中的偶像写信。因为，我们都是被苦难碾压过的人，您所经历的“身上被弄脏后又无能为力的懊恼”“甚至盼望可以安乐死”的一幕幕我全感同身受。在我被病痛折磨得体无完肤、生无可恋的日子里，是您“即使翅膀断了，心也要飞翔”的励志故事一次次把我从死神的魔爪中拯救出来，您就是我生命里的那一片海。

亲爱的海迪阿姨，在我们残疾人的心里，残联是我们的家，您就是这个大家庭的一家之长。您肯定不会想到，此时此刻的春节团圆之夜，在湖南湘乡一个叫丰收的小山村（现代著名诗人萧三和儿童文学家张天翼的老家），有个叫危丹的湘妹子正敞开心扉和您说话。感谢湖南省文明办在2020年新春来临之际举办的“潇湘家书”活动，让我终于鼓起勇气给您写下了人生的第一封家书。

我出生在一个偏远贫困的小山村。2005年春，一场突如其来的山洪摧毁了我的家，从此，一家四口长期漂泊在外，过着居无定所的生活。下半年，我在湘潭市烟草中专学校读会计专业。为了帮爸爸妈妈节省费用，我每天的伙食就是市场上批发来的方便面，每餐只要几毛钱。

2006年正月，为了减轻家里负担，从没出过远门的我，跟着亲戚来到武汉一个打字复印店学习电脑。那是我第一次坐火车，第一次看外面的世界。我的梦想就是学好这门技术，在武汉开一家店，挣钱帮爸爸妈妈早日重建家园。为了这个目标，我不分昼夜，整日伏在电脑前学习和练习。半年后，我终于可以独当一面打字、编辑、排版……

我永远都不会忘记，2006年6月25日，我15岁生日那天晚上，我和姨外婆逛完夜市往回赶，突然下肢一软就爬不起来了。之后，苦难就接踵而至：视力极速下降到让我不能继续学习；病也越来越严重，从最初的走路不稳，到彻底靠轮椅代步；再到右腿因烤火烫伤不得不高位截肢、只能卧床、生活完全不能自理，现在就连吃饭也要妈妈喂……为了给我治病，本来就贫困的家庭变得更加潦倒。

在这期间，2014年的最后一天，家里的顶梁柱爸爸中风离世，我的精神完全崩溃。我不想再拖累可怜的妈妈，不想再被病痛折磨得生不如死。于是，2015年5月的一天，我选择了割腕自尽，是妈妈和爱心人士把我从死神手里抢了回来。在关工委王叔叔的张罗下，我和湘潭市帕金森协会会长张伟相识、相恋了。张伟是个阳光、好学的男孩子，他13岁患上了罕见的少年帕金森病，17岁不得已离开心爱的校园，几经坎坷，受尽磨难，却始终积极向上。他自强自立、热心公益的事迹多次在中央电视台、人民日报客户端、《知音》杂志等媒体宣传报道。我们俩的爱情故事也是一波三折，历尽了艰辛。

2016年6月25日，一场名为“将爱情进行到底”的大型慈善公益婚礼在长沙顺利举行。我和张伟两位身无分文、行动不便的新人在爱心人士的操持下，终于喜结良缘。

朱阿姨——一位长期陪伴扶持我的志愿者，一遍又一遍地给我朗读您的作品《生命的追问》和《轮椅上的梦》，鼓励我向您学习，用笔实现自己的人生价值。您就像黑夜里的一座灯塔，在我最迷茫最无助的时候，给了我光明，给了我重生的希望。还有宣传部、残联、民政、文联、妇联、团委、关工委和众多的爱心人士，都给我和我的家人送来了温暖。去年，梅桥镇政府还优先给我们家解决了一套安置房，我终于有了一个安稳的家。

亲爱的海迪阿姨，现在我真的觉得：虽然，上帝关闭了我的一扇门，但他还是仁慈地为我开了一扇窗，这是一扇光明的窗、大爱的窗、温暖的窗。我现在对生活、对社会、对每一个给予我和张伟帮助的爱心人士除了感恩还是感恩。医生说我的生命极限只有三十多岁，我坦然接受，我要把活着的每一天都当作最后一天来好好享受。有人说疾病是灾难，我却把它视为“大学”，在这所特殊的大学里深造，我触摸到了真实的自己。我喜欢一切温暖的字眼——阳光、感恩、喜乐、善良……我现在的梦想是像您一样成为一名作家。近年来，我写了五百余首诗歌和散文，其中《生命的奇迹》和《自吟》被好心的作曲家谱了曲并传唱开来。《知音》《湘潭日报》《君子莲》《湘潭文学》等报纸杂志和网站也陆续发表了我的诗歌、散文。更让我欣慰的是我和张伟合著的爱情励志长篇报告文学《与帕共舞》（暂定名）和我个人的诗集《深海鱼》（暂定名）已完成初稿，可望在今年出版发行。今年初，我又在爱心志愿者的帮助下，开了一家微店，虽然受身体状况的限制，经营很艰难，收入微薄，但我和张伟还是希望通过自己的努力来养活自己，尽量给社会减轻负担。

此刻已是正月初三的晚上，依然是一个不眠的夜晚。您或许也不会想到，这封信我断断续续写了四天四晚，因为，我视物不清，不能久坐，小脑共济失调使得我的手也不听使唤，有时为了选一个正确的字，要来回选五六遍。所以，同样的工作量，我会比别人要慢上十个甚至二十个节奏，您不会笑我笨吧？悄悄地告诉您，我心里有个蕴藏了很久的心愿：我是您忠实的粉丝，一直期待拥有一本您签名的著作，可否趁此机会向您提出请求，得到您的惠赐？

此致

最崇高的敬礼！

湘妹子：危丹

2020年1月27日

爱，会点亮人生

2020年1月15日

写信人：补建平（中共芷江侗族自治县委党校）

羿涵：

我乖巧的宝贝女儿，当妈妈提起笔来时，字未落，泪先流。这一次，妈妈陪着爸爸北上治病，便不再告诉你了。因为不忍看见你泪流满面依依不舍的样子。

虽然你还小，但我希望你能在生活的磨难中学会坚强。

还记得2015年5月，你爸爸因为肝硬化恶化，突然倒下。六次大出血，你爸爸命悬一线，苦苦地在生死线上挣扎。在医院里，连续三个多月，我守护在你爸爸病床边，看他痛苦挣扎，我心如刀割。每一次生死抢救，我的心在希望与绝望之间起起伏伏。我很害怕，一个转身便是天涯。

万幸，医生的妙手仁心，同学同事亲友们的关怀帮助，汇集成一股爱的暖流。或许是听到了众人的祈福，你爸爸在急诊手术中活下来了。北京解放军302医院的张培瑞教授说：“能在这样连续六次的大出血急诊手术中活下来，真是一个奇迹！”我想，这就是爱的力量吧！看着手术后虚弱的他，我泪盈于眶，我知道我们家又是完整的了。我感恩身边众人给予的爱与温暖。

为了保住爸爸的命，高额的医疗费用让我们家债台高筑。但，我认为值得。因为只要一家人能团聚在一起，就是最大的幸福，即使生活清贫，也胜过人间繁华。

我很欣慰，那年六岁的你，在一瞬间突然长大。电话中，你用稚嫩的声音告诉我：你会淘米煮饭了，会炒些不算难吃的小菜了，会简单照顾年迈多病的爷爷奶奶并擦掉他们脸上的眼泪了。在北京的医院里，我和你爸爸拿着手机，喉头哽咽。

这几年来，你学习上刻苦勤奋，四十多张奖状见证了你的努力；生活中你节俭朴实，孝顺懂事；你自己还是一个力量薄弱的孩子，却懂得用爱心去帮助弱小。我们很欣慰，你是一个品学兼优的好孩子。

这几年，为了治病，妈妈和爸爸像离林的鸟一样，不断地在芷江和北京之间来回穿梭。伤别离，但我们不得不短暂地离别。外出治病，是为了骨肉不会分离，是为了以后家人能更好地相聚。生活不易，但只要活着，家就会完整。

然而，生活的磨难却总是接踵而来。福无双至，祸不单行。2019年8月，我在怀化市人民医院手术住院。而同年8月，你爷爷咳血诊断出肺癌。此后，你爸爸和奶奶便陪同爷爷，在芷江、怀化、长沙这三个地方进行肺癌的化疗，辗转奔波。奶奶年纪大了，你爸爸又是一个慢性重病患者，他们却不辞辛苦，日夜守候在爷爷病床边，端屎接尿，精心照顾。我知道你很担心你爸爸的身体也跟着再次倒下。试问，谁不爱惜自己的身体？但“百善孝为先”，作为子女，自己就算是病弱之躯，就算是生活拮据，也应尽自己最大的努力去照顾父母。因为，“树欲静而风不止，子欲养而亲不待”，爱一生之父母，爱父母之一生。

爷爷最终因病魔撒手人寰。2001年奶奶失去了心爱的女儿，2020年奶奶又失去了深爱的丈夫，而爸爸现在又是重病患者，奶奶如何不痛断肝肠？女儿，你慢慢长大了，要懂得宽慰奶奶。我们去北京后，你要照顾好奶奶。如果顺利，我们一个星期左右就回来了。

女儿啊，我们可能给不了你优越的生活。作为父母，我们只能努力在生活中言传身教地教你理解“孝”“爱”的真谛。学会感恩，学会理解爱，学会给予爱，学会用宽阔的胸襟包容生活。我们不能摒弃这样一种包含真善美的情怀，就像我们无法抛弃生活一样。记住，生活中有爱，便会温暖人心；生活中有爱，便会点亮人生。

女儿，我的宝贝，我们希望你一直“品学兼优”，沿着正确的人生轨迹，脚踏实地地长大，成长为对社会有贡献的有用之才。

有许多的话，无法言尽，就说到这里！

爱你的妈妈：补建平
2020年1月15日

苦难是一种磨炼

2020年1月10日

写信人：张凤娥（湖南永州人，获2019年“中国好人”荣誉称号，获2019年“湖南好人”荣誉称号）

亲爱的孙女言言：

昨天听你的爸爸妈妈说，这段时间你学习努力，每天都要学到晚上11点多，所以这次期末考试取得了较大的进步。奶奶听到后非常高兴，并将这个消息转告了爷爷，爷爷听了也为你感到骄傲，还一直说要给你奖励呢。

你虽然取得了一些进步，但“胜不骄，败不馁”，我希望你在成绩面前不要骄傲，遇到困难和失败时，更要树立信心解决困难。你已经是六年级的学生了，应该能够明白“宝剑锋从磨砺出，梅花香自苦寒来”的真正含义。每个人的一生中都会有坎坷不平的经历，有许多的记忆都是在坎坷中产生的，也有许多宝贵的经验是在苦难中总结出来的。在我们的人生历程中，有苦难的存在才更彰显喜悦和快乐的珍贵。如果把苦难看作人生成长或者心灵蜕变的一种磨炼，它将会让人生进入一个新的领域。这一点，爷爷奶奶深有体会，也一直想跟你谈谈。

1995年，爷爷不幸患上了鼻咽癌。面对这突如其来的病魔，我陪爷爷南下广州，到南方医院进行治疗。在前后三个月的治疗中，爷爷喉咙严重肿胀，吃不下饭，只有靠水维持生命。我暗下决心不能让自己倒下，要学会坚强。那时，我除了每天细心照料爷爷，鼓励他与疾病作斗争外，还要照顾你上中学的爸爸，赡养年迈的老爷爷老奶奶，自己还要坚持工作。爷爷的意志很坚强，病情稳定了20余年，医生都说他创造了生命奇迹。

但爷爷2015年又不幸患上了舌癌，雪上加霜。手术风险大，要开下腭，割舌头，还要刮大腿肉补创口，这一住院就是40多天，爷爷的精神和肉体都备受折磨。术后，爷爷伤口受了感染，还没到家又住进了医院。我天天守护在病床前，帮他吸积液、换纱布、换插管子，昼夜照料、寸步不离。由于20多年的病情折磨，爷爷体质极其虚弱。三年前，爷爷在湖南省肿瘤医院化疗时，出现了休克，转重症室，后来又导致肺部严重感染、持续七天高烧不退，人也快不行了。医生数次发出了病危通知，我每天守候在重症室门外，几次跪求医生不论花费多少钱，都要不惜一切代价挽救爷爷。那次经过13天的艰辛抢救，爷爷的病情才终于稳定下来了，后来又转回市中心医院住院一个多月。那几个月，我日夜守护在爷爷身边，从未离开一步，现在回想起来，自己都诧异当时怎么能有那么坚强的意志力。近四年来，爷爷仅靠胃管进食进水，但身体恢复得比想象中的要好，说话虽吐不清字，但手能写、脚能走，再加上他每天坚持行走锻炼，身体状况基本稳定了下来，爷爷凭借自己坚强的意志，让生命的奇迹再次出现。

爷爷的病情渐渐稳定了，但由于二十多年的劳累，长期的精神压力导致我积劳成疾，四年前被查出身患乳腺癌，后转到广州中山医院做切除手术。手术后，我顽强地与病毒作斗争，并再一次战胜了癌魔，身体也渐渐恢复好了。你知道奶奶是个乐观的人，为了你爸爸妈妈能安心工作，奶奶从没有将自己当成病人，仍在照顾患病的爷爷和八十多岁的老奶奶，每天安排他们的衣食住行。现在，我们家庭虽然清苦，但和谐开心，所有的亲人和朋友都为我们家克服了苦难而喝彩。

平常我总说，也许在经济上我们不能给你们留下很多财富，但我希望爷爷奶奶在面对困难时的勇气与坚韧能成为你们宝贵的精神财富。孩子，随着年龄的增长你终将明白，只要是人，就有痛苦，就看你有没有勇气去克服它。如果你有这种勇气，它就会变成一种巨大的力量，帮助你渡过难关，否则，你只有终生被它践踏奴役。虽然我无比希望你们能有健康顺利的一生，但仍然希望你也要养成不惧坎坷，吃苦耐劳，甘于奉献的精神，这会是你一生的财富。

孩子，人生的旅途很漫长，你要不断努力，克服困难，积极向上，持之以恒，走出属于你的精彩人生路。

爱你的奶奶

2020年1月10日

成为一名真正的军人

2020年1月22日

写信人：刘阳（湖南省农业农村厅下属农药检定所）

收信人：石成江（广东省消防救援总队清远支队佛冈大队）

石头兄弟：

你好！

岁月不居，时节如流。一晃眼，今年是你携笔从戎的第十个年头，也是老哥我退伍的第二个年头。年关将至，最近，我一直睡不好觉，好几次夜里梦见你过年回来了。我知道，你所在的消防部队转制后面临的综合应急救援任务更重，全国人民的节假日，却是你们的战备日。印象最深的一次，那时我们俩在基层中队搭档，那一次年夜饭，我们吃了8次，警铃就像烟花爆竹声不绝于耳。那一盘饺子热了再热，终于在凌晨1点吃完了，我们击掌互祝新年快乐，希望辖区平安，家庭平安，战友平安！在这里，我在家乡跟老弟道一声：过年好，希望你每次出警平安回来！

有人说："当兵后悔两年，不当兵后悔一辈子。"我想，这句话自我们小时候一起参加夏令营军训时就埋下了伏笔。还记得当时你说：哥，你看，那些扛枪的教官多帅，以后我也要去军营锻炼，成为一名真正的军人，一名顶天立地的男子汉！2010年，我硕士毕业，你本科毕业，我们一起携笔从戎，从湖南到广东，从湘江到珠江，开启了军旅生涯，成为救火战士。

火海无情人有情，我们共同经历了数百起救援战斗，在水深火热的环境下经历了生死考验。那一次化工厂爆炸，浓烟密布，我俩一人率一个战斗梯队进行内外强攻，你主动请缨请求前往着火点塌落区进行搜救，当时现场已无可见度，只能靠热成像仪进行探查，现场部分建筑采用彩钢搭建，高温条件下承载力迅速下降，承重部位存在倒塌危险，你毅然只身前往，留了一根绳给我，说道：哥，30分钟我还没出来，你就顺着绳子继续补上。我手拽着绳，绳的一头牵着保护人民生命财产安全的责任，另一头牵着哥对你的感动，那一刻，在炙热的火场中，彼此只能靠绳来察觉对方状态。我不停告诉自己，30分钟，30分钟，30分钟，救人第一，救人第一，救人第一……火势控制住了，绳子那头没了动静，空气呼气器早已没了气量，你为了确保黄金救火时效，没回来更换空呼，继续坚守在前线阵地遏制火势，因吸入过量烟气，导致昏厥。当我拽你出来时，你已不省人事，好险好险。

这是来自千里之外家乡的祝福。过年了，兄弟你的父母都十分牵挂你。他们年事已高，托我给你带个信：你永远要跟党走，尽职履责，忠诚奉献，你永远是爸妈的骄傲，一定要把辖区老百姓像自己父母一样去对待，守护好他们的生命财产安全，我们永远支持你，我们等你平安回家，新年快乐！

致敬：和平年代最可爱的人。

战友 刘阳
2020年1月22日

忆苦思甜，陪你看山河

2020年2月

写信人：李国毅（湖南华菱涟源钢铁有限公司）

吾爱：

我们日日厮守一起，今日却执笔给你写信，就当一个问候吧！逢你五十五岁生日，写信为贺，就用文字祝贺你生日快乐吧！我祝愿你：平安健康、幸福如意。我们是因为文字相识相知的，今儿，我也用文字来表达我无限的祝福。在你生日这一天，让阳光从早到晚，照耀你心路旅程。

我执笔写信之念，由来已久，却迟迟未能动笔，深感愧疚。内心之言，极想诉说，唯你懂我心，唯你知我意。当年恋爱时，一叠厚厚的书信，令人感慨良多；回想当年之乐，是何等心旷神怡。如今年近花甲，三十三年牵手，悲喜交加，心心相牵。三十三年里有酸，有甜，有苦，有辣，有你，有我。虽然有时候你也会有怨有悔，有时候你的直言不讳会扎痛人，但那种真实让我觉得，成为你的丈夫，我很骄傲：因为在我面前，你永远不需要掩藏你的真实。

回想当年，多少往事，喜在心头，乐在眉上。那时唤你“宝贝”“心肝”，而今写下“吾爱”，足慰吾心。熙来攘往的街头，我牵起你温暖的手；变化无常的生活，你在我身边陪伴与鼓励；漫无尽头的黑夜，对你倾诉不尽的思念……

而今握笔以叙，当忆苦思甜。人活一世，健康、快乐最重，世间总有烦心之事，若能坦诚相待，便可快乐一生。我深知：得一健康之体、快乐之心，便是上天之赐，应惜之。回想我当年受工伤住院，我昏迷数天后醒来时，你哭着在我耳边轻轻说：“你把我吓死了，你知道你睡了多久？”后来我才知道，医院已经下了几次病危通知书。我强烈地意识到，生命是如此脆弱，脆弱得就像一只伏地爬行的蚂蚁。一切静止，一切消失，这就是死亡。

很感谢这一过程，让我清晰地得知，我是多么渴望活下去，多么渴望阳光，渴望绿的田野，渴望一切唯有活着才能拥有的美丽、平凡甚或丑陋。我爱这个世界，爱每一个人，这些爱持续温暖着我，关照着我，带给我幸福和满足。

回首往事，历数艰辛，都说夫妻本是同林鸟，大难来时各自飞，我不相信。因为当我负债累累时，当我遭遇工伤时，你始终无怨无悔，不离不弃。与其说婚姻是一场宿命，不如说它需要抵抗诱惑，坚守纯真。谢谢你，老婆，你的存在，让我这个普通男人有了尊严和荣光。你为这个家付出了很多很多，青丝白发，放下了自己的喜好，推迟了自己的规划，你用自己最好的年华陪我走过了山长水远。接下来的日子里，就让我陪着你，陪着你慢慢变好，陪着你慢慢把身体养好。然后，我们一起去看日出，一起去看草原，一起在阳台上喝着茶，看着云卷云舒……

吾爱，我笔虽拙，万语千言，不知怎么言说，但却字字含情，今下笔书信于你，以字为贺，当思，当念，当叙。往后余生，我会陪你一同走过。就让我们的爱之旅途继续，直到生命终止的那一天吧！

搁笔。

你的夫君
2020年2月

走向辉煌，
感怀有你

奥运健儿，四海为家

2020 年 1 月 20 日

收信人：周倩（岳阳汨罗人，中国国家摔跤队队员）

倩儿：

你好！

时值年关，看到邻居家人都回家过年而你没回来，老爸和你老娘都特别想你。这么多年来，你很少回家过年，我和你娘已经习惯。前几天，父老乡亲都问我："你女儿今年回不回来过年？"我说："她会回家过年。"其实，我是在安慰自己，我知道你今年不会回家过年，因为你要训练，国家需要你。昨天，我和你视频聊天，你告诉我今年不能回家过年，你要在北京备战东京奥运会，你没法离开。不忍心打扰你备战训练，我只能给你写信，也是第一次给你写信，请原谅老爸的唠叨。

你一直很努力，凭借优异成绩，2005年你入选湖南省摔跤队；2013年，你又不负众望，入选国家摔跤队，成为汨罗唯一入选国家摔跤队的队员，并在全运会、亚运会等体育盛会的摔跤比赛中赢得过冠军，为国家和汨罗争得了荣誉。市里领导多次来我们家看望慰问，我很感动。入选省摔跤队、国家摔跤队这十几年来，你回来过年的次数只有两三次。你在长沙训练时，我和你娘还能经常去看你；这些年你在北京训练，我和你娘年岁已大，往来不便，加之担心突然过来影响你比赛，没来看你，请你谅解！现在，通信很发达了，我和你娘可以经常发视频、打电话给你，看看你的样子，听听你的声音。

又是一年好光景。今年，家乡遭受罕见的干旱，但我们家里种的几亩水稻仍然获得了丰收。如今，腊鱼腊肉等年货都备好了，屋里一年比一年好，你莫要为我们操心。去年，我和你娘结婚33周年，你从北京赶回来为我们庆祝，我们很感动。

这些年，搭帮党的惠民政策好，家乡变化日新月异。你去年回来看到的屋场那些破旧房子，现在都已改造翻新了，并进行了绿化、美化和亮化；进村的那条路也进行了硬化，出行交通更方便了；屋前那口又脏又臭的燕塘也清淤了，水更清了，环境更美了，围绕燕塘村上还修建了一些健身设施，晚饭后我和你娘常围着塘转转，散散步，锻炼锻炼。今年，我和你老弟商量，打算把家里装修一下，也搞漂亮点。下次你回家住条件就好些了，虽然比不上北京，但你肯定会有不一样的感受。

还有个好消息要告诉你，上个月我从汨罗电视台看到最近市里开会了。2020年，汨罗市委、市政府将全力办好七件民生实事，加快融入长沙步伐，完成汨杨公路改扩建工程。到时，我们川山坪到长沙就更快了，你回来后一家人开车去长沙玩就更便捷了！有条件的话，你要多支持家乡的建设。

男大当婚，女大当嫁。别嫌爸爸唠叨，还有一件事我一直放在心头。这些年，你练摔跤把个人问题抛开耽搁了。东京奥运会后，不论你成绩如何，我希望你能尽快完成自己的终身大事，我早卸下心上的担子，享受天伦之乐。

倩儿，你是个坚强乐观的孩子，在我和你娘面前总是大大咧咧的，不让我们操心。但作为父母，我们又如何做得到呢？所以我和你娘还是要提醒你，备战奥运的同时，尽量避免受伤；照顾好自己，别感冒了。

你永远是爸爸的骄傲！

祝你在奥运赛场上取得好成绩，为国争光！

爸爸：周祖伟

2020年1月20日（腊月廿六）

雄关漫道，一路有你

2020年3月18日

写信人：谢青〔湖南省援疆前方指挥部新闻宣传（文化旅游援疆工作）组，吐鲁番市委宣传部〕

至爱吾妻：

此刻，夜已深，人已静。窗外灯火阑珊，屋内呼吸声抑扬，一切都那么祥和美好。你斜靠在床头，臂弯里枕着小儿。此时的我，真想走入你们的梦乡，和你们说说话……

时值三月，春暖花开，疫情逐渐平稳。家里，衣物行李被你逐一收拾齐备；单位，手头的工作我已移交妥当。日渐增多的大包小包，预示着我远赴新疆的日子越来越近。而我，在对异地履新充满欣喜与期待的同时，对你，和我们的这个家，真有千种不舍、万般牵挂。

三年征程，天各一方

虽未言说，也未出发，却时时处处感受到你的不舍。行囊里的领角袖口，齐整干净，更甚平常。亲爱的你，是不是要把未来三年离别的遗憾于我临行前全部补上？平安健康，万事之本。你大可放心，我定会为你和家人，将自己拾掇妥当。

三年逐梦他乡，不是没有过犹豫、彷徨。可重任在肩、使命如磐，好男儿志在四方。天山南北的雪山大漠，是让人心驰神往的广阔天地；远赴边疆建功立业，是磨砺心志的成长契机。激扬青春，澎湃热血，三年，弥足珍贵。待我回来，我会骄傲地给孩子们带回那里正在发生的、有他父亲参与的美好故事，也会给你和至亲带回更加坚实长久的臂膀依靠。请你相信，离别，不仅仅是别离，也是为了迎接未来更好的相聚！

三年征程，各负其重

生活何来容易？唯有不懈努力。接下来的1000多个日夜里，你既要工作，还要操持家务、照料老小。如此繁重的家庭责任我不能分担，孩子们如此重要的成长时刻我不能陪伴，每念及此，心生愧疚。

家中四位老人，都到了颐养天年的年纪，我多想承欢膝下、赡养尽孝。女儿上初二，即将面临生地会考这个学业关隘，我也想陪她一起复习冲刺，见证荣光！儿子一岁有余，牙牙学语、蹒跚学步正当时，在他人生起步路上的黄金时刻，我何曾不想陪伴左右，看着他一天天长大？身为人父的我，不是不知成长的意义；受党培养多年的我，又怎会不懂“路不险则无以知马之良，任不重则无以知人之德”的道理？但成长从无捷径可走，经风雨才能壮筋骨，见世面才能长才干。功崇惟志，业广惟勤；欲达高峰，必忍其痛。望我们夫妻同心，共同承受这一场生命之重，锤炼出更有质感的人生成色，为孩子们树立起砥砺奋进的学习榜样！

三年征程，许你美好

大美新疆，令人神往。去那里领略一番西域风土之美，我们念叨了多年，却从未成行。而今，“一身转战三千里”，我即将启程远行，一路向西往北，从长沙到吐鲁番——带着援疆的使命，也带上我们的夙愿。

“功成不必在我，建功必须有我。”亲爱的妻子，待到山花烂漫，我在美丽的新疆等你。到那时，许你的诺言都将实现。

忍不住再次起身来到床前，俯身轻吻你和两个小天使的额头。此刻的你们，一定做着甜甜的梦……

你的吉吉国王
2020年3月18日凌晨

为了一个“粮安天下”的梦想

2020年1月20日

收信人：符星学（湖南亚华种业科学研究院）

星学：

你在海南还好吗？我和孩子特别想你。每天你有按时吃饭吗？

我知道水稻育种科研的特殊性，你总说现在的“南繁加代”工作时间紧、任务重、离不开。我不怪你，我已经习惯了你不在身边的状态。说实话，我都记不清这是你第几次在海南过春节了，而且每次都是相同的理由。老公，你注意到没有，你陪“水稻”的时间比陪我和孩子的时间长多了。孩子前天还说：“我要是能变成水稻就好了，这样爸爸每天都可以陪着我。”

老公，作为妻子，我理解你。你总说，袁隆平先生的“禾下乘凉梦”

是每个水稻科研人员的梦。你们有时候为了突破一个技术难关，没日没夜守在稻田和数据旁，特别不容易！有时候还不一定成功。但是想想，你们的付出，能让更多人吃好饭、吃饱饭，你们内心一定特别有成就感。

老公，本来想去海南陪你过年的。但是看你拍的照片，没有办公桌椅，没有空调，甚至连像样的餐桌都没有，我就犹豫了。如果真去了，你和同事还得担心我们娘俩的生活起居，这会增添你们的工作负担。所以，我还是在长沙过年吧，不能拖你的后腿。

你那件褪色的工作服都快被你洗破了吧？在外面，别太委屈自己，该换就换。我知道，科研育种的工作性质决定了每年这个时候肯定有人不能回家过年。就算不是你，也会是别的“隆平高科”人。虽然有点失落，但我知道“水稻育种”是你酷爱的事业，作为“隆平高科亚华科学院”的家属，我应该全力支持你的工作。因为，你们都是为了一个“粮安天下”的梦想，干的是一份造福百姓的大事业！

今年，家里熏了些腊肉，爸妈让我寄给你，说等你想家的时候就吃上一顿，解解馋。我说不用寄，等你忙完回家，我亲自做给你吃。女儿还说，腊肉要一家人一起吃才香。还说她长大了，也要当爸爸那样的科学家！

老公，我会陪爸妈一起过好年，你就在海南安心工作吧。一定记得，工作再忙也要给爸妈拜年哦。

祝愿你们“南繁任务”圆满成功！

我和女儿等你回家！

妻：李勤

2020年1月20日晚

大丈夫必有所为有所不为

庚子正月廿三日

写信人：郭银燕（湖南省康复辅具技术指导中心）

吾儿阿弢：

己亥岁末，春寒料峭，噩耗传来，江城大疫，染者数万，群情惊惧。举国防，皆闭户，道无车舟，万巷空寂。危难之时，华夏民族众志成城，集五湖四海之力而战。更有逆行医者，迎难出征，共赴荆楚，护众生命健康。母虽同为医者，奈才疏学浅，不能前往，敬佩负重前行之背影，思兴我中华，知识与科技耳。

汝自幼习书，负笈京都，不负少年之志，从孔孟之道，捧圣贤之书，踏高考之路，凛然乎入学堂，至今已累计寒窗十七载尔，大学初露锋芒，获奖无数，硕士在读，师从名师。尔品性纯良，谦虚内敛，朴素节俭，思维活跃，性格耿直，宴如也。知汝已成人，胸有丘壑，喜理科，常宵旰苦攻，以示理想。盖凡实现人生理想者，一则艰苦之学习，二则顽强之毅力，三则品格高尚、奉献之精神，三者相辅相成，发荣滋长。除术有专攻外，宜通读文史而开阔视野，指导未来。到达彼岸前，勿忘欣赏远途风景，至身心愉悦。今反复叮嘱尔，不厌其烦，实是母愿吾儿明白大丈夫必有所为，有所不为。闲暇之余，望吾儿积极锻炼，强健体魄，自始至终。又觉应孝顺父母、关爱他人、举止有礼、守规有德，学有所成，惟成国家、社会、家庭用。

诸葛亮《诫子书》语："夫君子之行，静以修身，俭以养德。非淡泊无以明志，非宁静无以致远。夫学须静也，才须学也，非学无以广才，非志无以成学。"儿宜谨记。

流年似水，岁月如歌，二十载光阴倏忽而逝，吾儿渐已成才，吾甚是欣慰。华夏文明源远流长，历史长河奔腾不息，经先秦文化至唐诗宋词，五四运动至新中国成立。今国力鼎盛，科技发展，日新月异，东方巨龙，翱翔天际。尔正处国家科技创新飞腾黄金时代，放眼中华，灿若虹霓，譬如中国天眼、北斗卫星、移动支付、"蛟龙"深潜、"嫦娥"登月等，不逐一道哉。尔乃祖国新青年，应壮中华之景，起中华之势，明是非，知得失，励宏志，强筋骨。孙中山语："人能尽其才则百事兴。"何去何从，汝已自知。牢记使命，不忘初心，只争朝夕，不负韶华，与尔共勉。汝当从心所想，持之以恒，终成国之栋梁、民之希望，吾平生愿遂矣！

祝学有所成！

母字

庚子正月廿三日

我们会去更大的舞台表演

2020 年 9 月 16 日

写信人：陈雨馨（衡阳市祁东县启航学校）

亲爱的妈妈：

您好！

一眨眼又有半年没见到你了，我昨夜梦见你给我买漂亮的花裙子，我搂着你的脖子又笑又闹，说什么也不让你走。我拉也拉不住你，在梦里我放声大哭。这时，有人轻轻地把我摇醒，关切地问："馨馨，做噩梦吧？你看，把枕头都哭湿了。"我听声音就知道是负责生活的管老师来了。管老师平时对我们可好了，我不好意思地对她说："我梦见妈妈了，好想妈妈。"

妈妈，我真的好想好想你。你春天外出打工时跟我拉过钩，说等疫情过后就回来看我和弟弟。我等了两个月，从电视上看到疫情没有完全消失，我没怪你；后来，你又说暑假回来接我去你打工的中山市，但工地上很忙，你抽不出时间，我还是不怪你；再后来，就开学了，一开学，我可忙了，也就不怎么想你了，直到昨夜梦见你，因为我有一个好消息要告诉你。

妈妈，国庆前我们留守儿童合唱团要到长沙演出了！妈妈，你记不记得，我初来启航学校时，老是哭，不想待在学校，是这里的老师给了我母亲般的温暖，是启航学校给了我家的温馨，我越来越喜欢我的学校了。在这里，有很多很多像我一样的留守儿童，刚来时哭鼻子，来久了放假都不愿回去；在这里，有我们的博士校长陈亮伟，听说陈校长也曾是留守儿童，他就像知心的大哥哥，对我们可好了，我们大家都很喜欢他；在这里，有宽敞明亮的图书馆，里面有好多好多好看的图书，老师每周带我们去两次，每次我都舍不得走；在这里，有同学们最喜欢的乡村学校少年宫，少年宫里有好多好多好玩的项目，可以学手风琴，可以学古筝，可以学画画，可以学书法，数都数不过来。我就是从这里开始爱上音乐的，我先报名参加手风琴班，老师听我唱了几次歌后，还把我选进了学校留守儿童合唱团。

留守儿童合唱团让启航学校成了全国的网红学校，我为我的学校而骄傲和自豪。合唱团的老师有很多是外地来的支教老师，有位叫王育霖的老师还是一位大学教授呢，有这样的好老师，我们合唱团想不出名都难。合唱团成员百分之九十都是留守儿童，以前也像我一样，与生人说话都会害羞，参加合唱团以后，音乐为我们带来了欢乐、梦想和自信。排练虽然很苦，但同学们没一个叫苦。每周排练五六次，每次练完都盼下一次。因为我们要去更大的舞台表演，不练好怎么能行？上个月我们还参加了很火的节目《乘风破浪的姐姐》，见到了许多明星。

前几天，合唱团的小伙伴们收到了一份珍贵的礼物——一封来自湖南卫视的邀请函，邀请我们九月下旬代表全省留守儿童，走上长沙梅溪湖大剧院的舞台，为湖南人民同奔小康唱出心声。听说，我们还将前往北京，在国家大剧院进行汇报演出。我好期待去北京，最好能见到敬爱的习近平爷爷，我要把留守儿童合唱团“放牛班的春天”的故事讲给习爷爷听，亲口感谢习爷爷对我们留守儿童的关爱！如果到北京见不到习爷爷，回来后我就给习爷爷写信，习爷爷一定能看得到的。

妈妈，合唱团的小伙伴在外面叫我了，排练又要开始了，我得说拜拜了。到时我要老师告诉我电视直播的时间，你一定记得要在第一时间去看我们演出，为我们加油！

此致

敬礼！

想您的女儿　陈雨馨

2020年9月16日

你们的小孙女会关心人了

2020 年 1 月 25 日

写信人：刘隆武（广东省湛江市某部队）

爸妈：

你们好！

刚刚从值班岗位下来，已是深夜了。今天是大年初一，每逢佳节倍思亲，于是，提笔给你们写信。孩儿在中国南海给爸妈拜年了，祝新春快乐，身体健康，万事如意！

近闻新冠肺炎疫情流行，武汉封城。初以为是谣言，还督促战士们不要传谣，但后来上级来了通报，才知道情况属实。爸妈已过古稀之年，身体又欠安，孩儿甚感担忧，望爸妈务必注意搞好个人防护，外出戴好口罩。讲究卫生，坚守在家，千万别串门访亲，谢绝一切亲友上门拜年，并督促小辈们不要到处乱跑。

昨天除夕，因打电话的战友太多，不便占用更多时间，只给爸妈打了5分钟的卫星电话，心中纵有千言万语也只能以简单的问候替代。爸爸昨天在电话中说，家中一切都好，要我不要牵挂。古语云：父母在，不远游，游必有方。爸妈年事已高，我何尝不知此理！自1995年12月入伍以来，绝大部分春节我都是在部队战备值班岗位上度过，如今连续十二年没回家过年了，近三年春节都是在海上过的。一家不圆万家圆，为了人民幸福安康，我愿以身许国，守好祖国海疆！

回顾二十多年军旅生涯，孩儿从一名义务兵成长为一级军士长，2次荣立二等功，3次荣立三等功，1次获全军优秀士官人才一等奖，2次获全军优秀士官人才二等奖，1次获全军优秀成果一等奖，1次获全军优秀成果二等奖，被评为“全国青年岗位能手”“全军爱军精武标兵”“全军及武警部队百名好班长”……成绩的取得，离不开爸妈的关心支持，那一枚枚闪光的军功章，有你们一半的功劳。为了让我安心服役，爸妈经常鼓励我在部队好好干，二老勤勤恳恳、任劳任怨，把家里料理得井井有条，从不让我分心走神。怎能忘记，在我入伍的第一天，爸爸叮嘱我，军人当以国事为重，舍小家为大家，沙场建功立业。特别让我难忘的是2008年底，爸爸被查出鼻咽癌中晚期，孩儿正在备战亚丁湾护航的准备事宜。听到这个消息，犹如遭晴天霹雳，我想立马回去照顾爸爸，正当我准备请假时，爸爸打电话制止了我，说有妈妈和兄嫂照顾就够了，让我不要回家，安心准备护航事宜，等我们凯旋的好消息。此事虽过去十二年了，但我记忆犹新。我和爸爸都实现了当初的承诺，父亲勇战病魔，如今已经痊愈，我在护航任务中所带领的团队被评为“十佳护航战位”，自己的科研成果也获全军大奖。

爸妈，孩儿不在你们身边，你们一定要保重身体。尤其让孩儿不放心的是妈妈，七十多岁的人了，无论严寒酷夏，都喜欢下地劳作。我对妈妈这种勤劳的品质一直由衷敬佩，但如今，孩子们都长大成人，家庭生活条件也好了，妈妈不要这样没日没夜干了。适当劳动做点养生事尚可，千万不要太劳累了，毕竟岁月不饶人。

最后，告诉爸妈两个好消息。一个是前不久我被评为2019年南部战区海军优秀工作者。另一个是，你们的小孙女会关心人了。每次我出海执行任务时，她都会在电话里和我说注意身体。昨天，家属告诉我，小丫头最近老是喜欢爬到卧室的窗台上，看着对面的军港出神。问她在看什么，小丫头说："又好久不见爸爸了，我想爸爸了，看他们的军舰回来没有。"才两岁多的丫头，真是让我又欣慰又心疼啊！

爸妈，再过几天，我们就要返航了，一切安好，勿担忧。

此致

敬礼！

不孝儿：隆武

2020年1月25日

亲爱的爸爸，远在非洲的你还好吗？

2020年初

收信人：杨勇〔中南大学湘雅医院，中国（湖南）第21批援助塞拉利昂医疗队〕

亲爱的爸爸：

远在千里外的您还好吗？

又想起了我们分别的时候，在机场我拉着妈妈，死死地咬着嘴唇，还有点自欺欺人地对妈妈说：“你不要哭。”其实，我的泪水最不受控制，就像断了线的珠子，一颗一颗地往下落，落在你的心上，也落在我们的心上。

说实话，我不是因为我们一年的分别而感到伤心难过，我的每一滴泪都是骄傲的，都是为你骄傲的。你们响应习近平总书记提出的“一带一路”倡议，履行着共产党员的责任担当，踏上非洲大陆救死扶伤。你走进海关前，捏了捏我的脸，笑着说：“你和老妈一定要好好的，不要打起来了。”我们都笑了，十年来我们的家庭氛围是如此融洽，怎么会打起来呢？

你去了非洲，平时我们只能视频聊天。小小的电子屏幕，传送着远隔千里的牵挂，溢满了温暖的亲情。这大半年，我和妈妈都没有闲着。妈妈努力工作，更加忙碌，管我的时间大大减少。我意识到自己也需要努力学习，提高学业成绩，生活要更加独立，这样才能让你在非洲安心工作，才不会给你丢脸。这种倔强，这种坚强，造就了我对学习的热情，对生活的热情。放学后我总是会买一些菜，回到家看到妈妈不在，就自己挽起袖子炒两盘菜，妈妈回来便可以吃到热腾腾的饭菜。每每这时，妈妈望着餐桌，眼里都会浮现出欣慰和喜悦。

白居易说：“我有所念人，隔在远远乡。”记得有次打电话，你的声音有些低沉，淡淡地说：“其实到这边来久了，我还是很孤独的，也捏不到宝宝的脸了。”一下子大家都沉默了，我说：“敢情我的脸是橡皮泥呢，你们想捏就捏！”刚刚沉默的气氛才又活跃了起来。妈妈捏了捏我的脸，告诉爸爸她在帮你捏，只有半年了，过了这半年就可以来捏我的脸了。其实我们心中都充满了想念，但是谁都不愿意表现出来，都想把自己最坚强、最乐观的一面献给对方。你在非洲治病救人，妈妈在长沙也是救死扶伤，我在家里努力学习，看似远隔千里，实际上我们紧紧地联系在一起。

爸爸，我们一起努力，共同进步！

爱你的宝宝杨佳琪

2020年初

这辈子最正确的决定

2020年8月1日

写信人：苏涛（广州市南部战区）

收信人：马叙如（长沙市开福区捞刀河街道罗汉庄村）

亲爱的母亲：

见字如面！

以前车马劳顿、书信迟迟难至，特别是兵荒马乱时期更是“家书抵万金”；今天的5G时代，让千里之外的你我近在眼前。身为军人的我，更感受到和平的珍贵、祖国的荣光。在“八一”建军节这天给您写这封家书，真是别有一番感慨。

您近来身体是否安康？应该还没有回家吧？得知村上正在搞拆迁，知道您又有的忙了。拆迁涉及村民的切身利益，而您在村上工作了近30年，辅助了4位书记，熟悉村情、了解民意，是大家心中可信赖的“知心大姐”，您肯定会一遍又一遍地给村民讲政策、明受益，让村民愿意签字、开心签字。

这些年，您这种遇事为他人着想的风格也深深地影响着我。从一名解放军战士成长为一名共和国军官；从天津、青海转战成都、云南，再到广州；从排长到营长，从旅级到战区级等，在不同岗位历练，我遇到了许许多多的贵人，也结交了弥足珍贵的战友，这都和您与人为善的教导分不开。当然，我的成长也继承了您“吃得苦、霸得蛮”的性格。不管是家境贫寒、四处筹措的应急时期，还是现今为工作、为生活的实干霸蛮时期，您的性格都时时激励着我，保持上进，迎难而上！

今天庆祝建军节，有领导的慰问，有我们好兄弟的汇报表演，更有军旅生活的温馨展现，让我时时刻刻有大家庭的感觉。现在回想起来，当初选择从军报国之路，是我这辈子最正确的决定！

历史的接力棒交到我们这一代人手中，我们应当放大一点格局，多装一些情怀，担起重托，踩下苦难，奋力跑好我们这一棒，真正无愧于人民，无愧于时代。因此，只要国家需要我，我将坚定不移地走下去，争取为强军事业做出更大贡献！

我知道，这些年我把心思精力都放在了工作上，个人婚姻问题一直没有得到解决，您和父亲都很操心，也很牵挂。但您知道，我从小就特别佩服霍去病“匈奴未灭，何以家为”的英雄气概，您也一直以工作为重，一定还是理解我的吧。说不准过段时间我会遇到一位像我一样以部队为家的精神伴侣呢，母亲大人请放心！

最后，祝愿您和爸爸身体健康、平安快乐！

爱您的儿子：涛

2020年8月1日

共谱湘疆团结曲

2020年初

写信人：邹振鹏（湖南省邵阳市公安局援疆分队）

外公：

连日奔波，无论是执行维稳任务，还是两会期间的安保，孙儿都主动请缨，勇挑重担。为的不仅是践行自己“不忘初心、不辱使命”的誓言，更多的是不想让自己在安静独处时，想起那突发疾病与世长辞的您，想起为不影响我工作迟迟不把外公去世的消息告诉我，自己默默承受的母亲，想起我那独自在家忍受孕育之苦的妻子。孙儿曾多次对自己说男儿有泪不轻弹，可自责与愧疚的泪水却止不住地流……

“劝君更尽一杯酒，西出阳关无故人。”外公您姓胡名昌生，谐音长生，却为何不能百年终老？孙儿想，您走时一定很安详，葬礼应该来的人很多，很热闹。因为呐，您是多好的人呀，爱国爱党！您是一名知青，吃过很多苦，但始终有着一个坚定崇高的警察梦。每次孙儿穿着警服去看望您，您都会摸着我的制服，看到自己从小的梦想在孙儿身上实现，您眼中流露出的满是欣喜。在孙儿赴疆出征前，大家才刚给您办完八十大寿。您看到我这不孝孙儿把刚领证还来不及办婚礼的新婚妻子第一次带到您面前时，您还说您要好好在家等着喝孙儿的喜酒，还要抱您尚未出生的小玄孙。不料与您此别，竟成永别！孙儿看着身旁经历一次次任务疲惫不堪的战友们，最终还是没有向组织请假回来送您最后一程！

孙儿知道，二十多岁的年纪是一个女人生命中最好的年华。孙儿虽不算英俊潇洒，可丁老师是美丽的，是可爱善良的！那天，孙儿和丁老师深夜长谈，孙儿只敢告诉她我决定前往新疆工作，时间预计一年，其他关于工作性质等问题一概不敢提及。可一切怎瞒得过冰雪聪明的丁老师，她说她和腹中孩子不管任务有没有危险都不想我去，特别是在她和腹中孩子最需要我的时候。一时相顾无言，孙儿竟无语凝噎。哭过后，丁老师擦干眼泪，她说只要是您孙儿的决定，她都义无反顾地支持。是的，亲爱的外公，她现在肚子里还孕育着您生前天天念叨最想看到的小宝宝，这是咱家族血脉的延续，您在天有灵，想必会欣慰至极。

不瞒您说，孙儿最初接到组织征求派我赴疆工作的意见时，我有过迟疑，有过退缩，毕竟您知道咱家困难是确实存在的，我父亲早逝，母亲体弱多病独自在家，孙儿是家中独子，邹家独孙，况且孙儿本已计划待圆满完成2019年的安保任务后，就向组织申请休年假、婚假，和丁老师去领结婚证，给您的孙媳妇一个不华丽却珍贵的婚礼，但细思量，孙儿被党培养，深受党恩，应不忘初心、以身许党报国。孙儿把诸多困难都深埋心底，没有和组织汇报，默默带着礼物上门向那些等待喝我喜酒的亲朋好友致歉。孙儿乘坐的飞机翱翔在皑皑白雪的天山上空，透过窗口回望故乡，想必我的妻子一定也在仰望同一片天空。

外公您知道吗，在您突然病逝的第二天，湖南公安援疆工作队周君满队长和申访桥政委来驻地看望慰问同志们。座谈会上，周君满队长说：“你们很多年轻同志就和我的孩子差不多大，我把你们都当成自己的孩子，你们在新疆遇到的困难和酸楚，我们各级领导都感同身受。你们要齐心协力，排除万难，组织一直会是你们的坚强后盾！”临别时，申访桥政委轻轻拍了拍我的肩膀。政委是一个感性的人，但君未语，我泪先流。是呀，细思量，我们湖南公安援疆工作队的同志们，谁不是背井离乡，排除万难来到祖国的最边疆，力保新疆平安稳定，共谱湘疆民族团结之曲。有省市县各级党委政府领导的关心关爱，有省市县各级公安机关领导的鼎力支持，孙儿这点艰辛又算得了什么呢？

关山初度尘未洗，策马扬鞭再奋蹄。逝者已矣，生者当百倍奋发！提笔之时，已近新春佳节，新疆早已是千里冰封，万里雪飘。孙儿和战友们虽卫国戍边不能回家过年，但洋溢在我们脸上的依然是希望和阳光！

“晚来天欲雪，能饮一杯无？”亲爱的外公，落笔之时，已近凌晨2点，新疆街头已挂上了大红灯笼和中国结，日渐浓郁的年味让孙儿恍惚间以为回到了咱美丽的家乡邵阳市隆回县，那人杰地灵的魏源故里，九龙回首之地。夜凉如水，孙儿紧紧警服的领口，在边疆遥望故乡，借皓月当空，以天山融雪为美酒，以新疆的万里戈壁、滚滚黄沙为下酒菜，三杯然诺，五岳为轻！第一杯敬湘疆友谊万年长青，湖南公安继往开来，再创辉煌！第二杯敬各级关心关爱援疆民警的领导和同志，顺祝我们这个光荣集体平安凯旋！第三杯洒往苍茫大地，洒向脚下这多日难融的皑皑冰雪，敬我化为星辰远在天上的外公……

外孙：邹振鹏

2020年初

等待风雨送春归

2020 年 2 月 23 日

写信人：罗克军（中共湖南省委办公厅，驻怀化市沅陵县施溪村帮扶工作队）

收信人：罗元瑞（长沙市一中）

瑞儿：

“爆竹声中一岁除，春风送暖入屠苏。”春节，本是万家团圆、合家欢乐的日子。然而突如其来的疫情，让群众的生命安全和身体健康面临严重威胁。疫情就是命令，防控就是责任，爸爸唯有主动提前返岗，与扶贫点的群众战斗在一起。因为爸爸是扶贫队长，又是村第一书记。

理解是最大的温暖，看到你和妈妈一起默默帮助收拾行李，我非常感动，增添了战“疫”战贫、决战决胜的动力与豪情。

瑞儿，还有三个多月就要高考了，爸爸真的期待你考上一所理想的大学，让自己今后拥有比别人更多的选择机会。

人们常说，父母是孩子的第一任老师，可从小到大，你的成长课堂我却经常缺席。危机是最鲜活的教材，抗灾是最深刻的课堂。这次爸爸不想缺席，想和你谈谈一些感悟。

让爱国成为一种坚定信仰

看了一个摄影师镜头下的武汉纪录片——《守望空城》，片尾有位百姓深情唱响《我和我的祖国》，我的眼眶湿润了。想起艾青的诗句："为什么我的眼里常含泪水？因为我对这片土地爱得深沉……"这是内心深处有感而发的爱国情怀啊！这种情怀是否也根植于你的心灵坚如磐石呢？瑞儿，你们是吃着薯片、玩着芯片、看着大片成长的一代，喜欢追求时尚与明星。但这次战"疫"，你是见证者，是否深切感受到了祖国的伟大与崇高：我们党把保护人民的生命安全和身体健康放在首位，10天左右在武汉建成两座共计2600个床位的专门医院，并同时在湖北建成15座共上万个床位的方舱医院；一声令下，200多支医疗队、3.2万多名医务人员和大量医疗与生活物资紧急驰援武汉乃至湖北，19个省市对口驰援湖北除武汉以外的16个地市；全民动员，令行禁止，14亿人民自觉居家隔离两周以上，等等。试问，世上有哪个国家能做得到？唯我中华！这是一种什么力量？我想，这是赤诚报国、誓死卫国的磅礴伟力。

让担当成为一种人生追求

瑞儿，这次战"疫"，你是否记住了这些光辉的名字和动人的场景：84岁高龄的中国工程院院士钟南山，17年前奋战在抗击非典第一线，如今再战防疫最前线，奔波不知疲倦，担当为国为民，成为全民族的网红；"我必须跑得更快，才能从病毒手里，抢回更多的病人"，三年前已患渐冻症的武汉市金银潭医院院长张定宇率领全院240名党员冲锋在前，日夜扑在一线；无数白衣天使誓言“若有战，召必回，战必胜”，唱响了“不论报酬，不计生死，冲在一线，抗疫到底”的最美逆行者的赞歌……

逆行的他们，也有父母，也有妻儿，可他们用铁血担当树起了时代标杆，挺直了民族脊梁。

躬逢盛世，这是属于我们的时与势；万里路遥，这是赋予我们的担与责。爸爸这次提前返村，实行立体式宣传、网格化管理、地毯式排查、人性化服务、蹲点式值守，阻断疫情传播途径，同时要做到抗疫不误农时，防控不松增收，天天奔走在深山苗寨，这就是一种责任担当。当然，担当需要勇气，更需要能力，没有真本事，担当就是一句空话。作为高三学生，你的主要任务就是惜时如金，刻苦学习，努力增强为人民服务的本领。

让爱心成为一种文明素养

瑞儿，面对疫情，有的人默默付出，选择无畏前行，为人们传递爱心与温暖：外卖小哥把食品送到医院门口，司机免费接送医护人员，志愿者为隔离群众送药送菜，爱心人士为一线医护人员捐资捐物……他们的名字鲜为人知，他们的付出悄然无声，播撒的却是人间真情。

瑞儿，人生最珍贵的财富，不是金钱，不是名利，而是爱心。富有爱心、举止文明，是走向成熟的第一步。在我的记忆中，你是个富有爱心的孩子，爸爸生病住院，你每天陪伴左右照顾我；与妈妈一同购物归来，你总是提最重的东西上楼；同学补课没有地方住，你盛情邀请来家与你同吃同住……我很欣慰，因为你我都相信：每一点高尚都能播下一粒种子，每一点关爱都能长出一朵花蕾，每一点温暖都能抚慰一颗心灵。

爱心凝聚力量，文明美丽人生。有一首歌写道：“只要人人都献出一点爱，世界将变成美好的人间。”是啊，人间总会有那么多不期而遇的温暖和生生不息的希望，照亮前行的路。

哪里的天空不下雨？灾难一直伴随人类发展的历程。彩虹总在风雨后，中华儿女又一次挺直不屈的脊梁。冬天已经过去，春天悄然来临，让我们一起等待风雨送春归，借助春风好启程，带着祝福和感动，与爱同行，一路繁花共千程。

爱你的爸爸

2020年2月23日夜书于施溪村

以信仰延续“红色血脉”

2020年2月4日

写信人：张昶（中共湖南省委政法委）

亲爱的孩子们：

这是一封关于理想与奋斗的家书，一封写满信仰与回忆的家书，一封记载基因与血脉的家书。在祖孙4代的80余年风霜雪雨中，生命随着时代进步，青春随着时间流逝，寒来暑往、岁月更替，不变的是流淌在我们家4代人身上的“红色血液”，那是4代人灵魂的颜色，那是始终高高飘展着的党旗和党旗下不断前行的人们。在历史长河中，它从不褪色，从不偏移，从不改变。

记忆中你的曾祖父，鹤发童颜、待人谦和，是一位慈祥坚定的老人，更是对中国共产党有着深厚感情的老党员，在黎明前最黑暗的年代加入共产党。那时不像现在条件这么优越，准备这么充分，仅仅是在老家木屋前的大榕树下，简单地挂上党旗，在几名同志的见证下，曾祖父紧握拳头庄严宣誓，成为一名共产党员，我们4代人的“红色记忆”也就从此开始。

在白色恐怖时期，曾祖父作为书记，秘密保管着许多重要资料。一天，国民党全城搜查“共党分子”，邻居家被水泄不通地包围了起来，十多个国民党军人眼瞅着要到老家的小木屋了，曾祖父急中生智，拿起锅铲，迅速跳出窗户，跑到大榕树后，在树下悄悄挖开一个小洞，将区委唯一一本《党章》深埋下去，做好伪装。曾祖母一直守在门口，从容与敌周旋，他们找不到“通敌证据”，只好拿了两个鸡蛋，悻悻离开。

一次，组织上安排了一名新同志做曾祖父的“上线”，为了试探，曾祖父故意将第一次接头地点设在上游的河堤。接头那天，曾祖父早早就到河堤猫了起来。“上线”同志走来了，可是旁边还跟着其他四个人，这严重违反了单对单的接头规定。曾祖父立刻从河堤跳下，一个猛子扎进湍急的河流中，随着河水潜游到小木屋附近，悄悄爬上岸，事后才得知这是对方工作失误，只是一场虚惊。曾祖父经常给我们讲地下党斗争、和平解放县城的故事，坚定的眼神中焕发着光彩，透露出骄傲与自豪。

1949年解放前夕，你的爷爷出生了，曾祖父的战友来到家里，指着尚在襁褓中的爷爷说：“嘿！又是个小革命哦。”祖辈们打江山，建立了新中国，爷爷跟随着祖国建设的步伐，成长为一名进步青年，并在参加工作不久光荣地加入了中国共产党。爷爷一生从事的是教育工作，呕心沥血，桃李满天下，即使现在，跟我们闲聊的时候，还经常会说到现在的某某专家、某某学者、某某领导等，当年可是他的学生。我能读懂爷爷的自豪。教书育人，他培养了一批又一批的人才，甚至有好多父子俩先后是他的学生，他们遍布祖国的大江南北，为新中国的建设贡献着自己的聪明才智。

爸爸沿着祖辈的足迹，在1999年考入军校，并在那里光荣地加入了中国共产党。入党18年来，最令人印象深刻的，就是在党旗前举起右手的那一刻："我志愿加入中国共产党！……对党忠诚，积极工作，为共产主义奋斗终生，随时准备为党和人民牺牲一切，永不叛党。"激动的心情久久不能平静，那一刻，我从懵懂的80后大学生成为共产党员，党旗飘扬，党旗下的同志们脸上写满了责任、信念和使命……

每个时代有每个时代的特征，每个时代的共产党员所肩负的责任也不尽相同。祖辈老党员为之奋斗的目标是解放全中国，爷爷那一代是积极探索建立新中国之路，我们肩负着在新时代，在各行各业奋发图强，为实现"两个一百年"奋斗目标、实现中华民族伟大复兴的中国梦不懈奋斗。

我们家的宝宝先后出生了，哥哥积极加入了少先队，你们要以信仰延续"红色血脉"，用自己的努力为党的事业继续书写"家的红色故事"。

你们的爸爸 张昶
2020年2月4日

勇敢和自律会帮助我们渡过难关

2020年2月6日

写信人：康化夷（湖南工商大学文学与新闻传播学院）

秀秀如晤：

家中均好，勿念。你锻炼好自己的身体，学习和工作顺利，也就是对爸爸妈妈最好的惦念。

虽然远隔重洋，但互联网时代，每一个角落都不遥远。现在国家出现疫情，武汉封城，形式严峻，长沙虽然是离武汉最近的大城市，但在国家和政府的统一部署、有效指挥下，病毒被严防死守，社会秩序挺好，水电网畅通，生活物资充足。对于弥漫于网络空间的诸多信息和情绪，你要有足够的独立判断意识和辨别分析能力，不要轻信谣言，更不要人云亦云。

这个春节，外公外婆和我们一直待在一起，妈妈也难得有这样的机会天天做饭，尽一份孝心，他们都被我喂胖啦。除了变着法子秀厨艺，就是读书、做操、看新闻，虽然足不出户，但妈妈深深感受到了人类最美好的两种品德：勇敢和自律！在任何灾难面前，勇敢和自律都会帮助人们渡过难关。

新闻里那些勇敢的人，妈妈就不多说了，一个个医生、护士在“逆行”，他们在前线为我们构筑了第一道保卫线。妈妈想说的是，那些默默无闻战斗在后方战场的人，超市营业员、公交司机、环卫工人、基层公务员……你的表舅、表舅妈，整个春节都在轮岗工作。他们一个开着洒水车，要么在清洗，要么在运送；一个步行在大街小巷，要么处理垃圾，要么为公共场所消毒。如果没有一颗勇敢的心，就算是有再好的防护、再多的加班工资，也做不到这样的“逆行”呀。

还有更多自律的人，他们也是贡献者，网上不是有很多这样的顺口溜吗？“今年过年不串门，来串门的是敌人”，“口罩你不戴，病毒把你爱”，这些看似轻松快活的调侃，其实背后都是咬牙的忍受、坚强的自律。比如你外公，上午11点、下午5点，去操场散步做运动，几十年雷打不动，这次他自己悄悄改变了作息规律；再如那些不得不出门的人们，进出小区都规规矩矩主动请门卫量体温；还有本来呼吸就不顺畅的老人家，也都严严实实戴好口罩才出门。自律的本质就是一种公民责任，对自己也对他人负责。

秀秀，疫情之下，我们看到了人类的局限和无力，也看到了人性的光辉和伟大，勇敢地面对困难挫折，自律地与社会、自然相处，就一定能渡过难关，迎来胜利！希望你能体会妈妈的借题发挥，以此观照未来的生活，走好人生的每一步。

爱你！

爱你的妈妈

2020年2月6日

村子变了，你未变

2020 年初

写信人：李奇潮（株洲市攸县一中）

亲爱的奶奶：

早就想对你说声感激，可是一直不敢，谨以家书的形式寄托我的情感。

小时候，父母外出打工，日日夜夜陪在我身边的是你。那时候的大门不是上锁的，还是用木头卡住的那种。

夏天，记得你不放心我，拿个竹篮把我担到地里，一边是我一边是菜。有时候另一边没有菜，你把几块石头放进去。我问，那是为什么，你笑着说："这样担着才平衡嘛。"

那时候，路不好走，你总是背着我走过坑洼的泥路。有一次我在夜里病了，你背着我赶了几里路到村里的医院，焦急万分，完全没有注意路上的稀泥。

那时候，村里没有商店，交通也不便。老师在课堂上布置家庭作业，要求用圆规画几个圆，我却没有圆规。我急得大哭，尝试着徒手画圆，但无论怎么画都不像。你不慌不忙地拿出一个钉子和一根绳子，让我把铅笔给你，然后你用绳子在钉子和铅笔各打个结，就做成了一个简易圆规。我破涕为笑，兴奋地一连画了好几个圆。第二天同学问我，我画的圆中间的孔怎么这么大，孔沿还有点儿泛黄。我笑着回答道："我的圆规可比你们的厉害多了。"

那时候，村里没有通车，可我上学却在城里，虽说是周寄，可一周往返城乡一次也十分不方便。记得常常是天才刚亮，你就背着正在熟睡的我，搭上别人卖菜的顺风车，这样能少走一半路。下车时我也醒了，你就牵着我的手慢慢地走路去学校，其实大部分路程还是你背我走去的。

那时候，家里还不算宽裕，你省吃俭用的程度是让人难以想象的，而你勤劳的程度也是让人难以想象的。连续几年你穿着同样的衣服在黄土地上劳作。秋天作物成熟，你凌晨三点就起来赶卖菜的顺风车。卖菜赚的钱你一分都没有花给自己，而对我的需求，你都极力地满足。也因此，从小到大我都告诉自己，能省就省，不用的就不要你买。

那时候……有太多可以说的，只是哽咽了。明年，我们马上就要迁到新房了，乡下的老屋也早已现代化，我一人在家，你大可不必担心。现在，水泥路已修到家门口，我可以在路上奔跑，想玩时也可到田里踩着软泥。现在附近的商店也办起来了，我不会再缺学习工具了，当年的简易圆规也早已进入垃圾堆。"虽然我帮不了你什么，但你感到烦时跟我说，我来安抚你。"这是你说的令我印象深刻的一句话。现在村里不仅通了车，还有人专门开出租车，想去哪儿一个电话就可以。可即使是出租车，即使跟那个司机很熟，你也执意要和我一起坐，我是费了多大口舌才让你放心啊。现在家里条件也大为改善，装了智能电视和宽带，年年收入都有增长。可你依旧不敢多花钱，其实你这样做，我在替你生气，你太不懂享受生活了。

这几年村里悄无声息的改变让我震惊。也许是你无微不至的关心始终如一，才使我没有发现吧。日历上的年份在增加，古木年轮在增多，岁月没有使你的心改变，只是改变了颜容。

你从未改变，奶奶，你辛苦了！哪天你累了，我给你肩膀让你依靠，我感激你，我爱你。

孙子：李奇潮

2020年初

一丝一粒，我之名节

2020年春日

写信人：靳永年（湖南省蚕桑科学研究所）

靳卫：

前几天的晚上你打电话过来，我们聊了很多，也聊了很久。考虑再三，还是给你去封信，就你我在电话里扯得最多的廉洁话题，再多说几句。

这次组织上调你到一个重要单位任主要负责人，升了职，我和你母亲都很欣慰。这是你发奋努力的结果。你的勤奋和进取，你的才智和能力，得到了组织的充分肯定和赏识。替你高兴之余，又还有些许放心不下。你得到了升迁，肩上的担子更重了，手里的权力更大了。能不能抵挡住外在的诱惑，做到一尘不染，廉洁奉公，是摆在你面前的第一道考题。在我看来，廉洁自律是一种人生的大智慧，正所谓“金玉满堂，莫之能守。富贵而骄，自遗其咎”。大凡有些作为、有些成就的人，对待诱惑，总有一种超脱的人生态度。在他们看来，廉洁自律能给人一生平安，反之，则会带来灾难横祸。古人都懂得廉洁是为政之基、为人之本，现代社会的我们，更应当将为官清廉作为最高境界和自觉追求。要常修为政之德，常思贪欲之害，常怀律己之心。

有一年春节你回家，给我说过一件事。你单位一位同事有个事去找你帮忙，顺便拿了两条烟给你。这个同事走后，你发现放烟的袋子里还放有一个装有钱的信封。第二天上午，你在办公室打电话找来这位同事，非常严肃地对他说：“把东西拿回去，你这么做，是对我人格的侮辱。”我赞许你对待“金钱”的态度。清人张伯行说过：“一丝一粒，我之名节；一厘一毫，民之脂膏；宽一分，民受赐不止一分；取一文，我为人不值一文。”廉洁自律不仅仅是一种思想境界，更是一种职责要求。要记得始终把廉洁自律作为一种思想境界来提升，作为职责操守来要求，作为工作潜力来修炼，持续保持头脑清醒，时刻警钟长鸣。要做到政治上清醒，生活上清白。通过自我控制、自我约束、自我规范，不让自己心生邪念。集中精力履职尽责，不辜负组织厚望。

此致

祝好！

父：靳永年

2020年春日

坚定梦想，风雨兼程

2020年1月16日

写信人：周慧（娄底市中心医院）

收信人：胡敏（中国人民解放军驻香港部队）

我亲爱的钢铁战士：

见字如晤，别来良久，甚以为怀，念君悠悠，思君切切。

夜渐深，孩子们已安睡，听着她们匀称的呼吸声，看着她们像极了你的脸庞，幸福感油然而生，同时也勾起了我对你的无限思念。

每逢佳节倍思亲，再过几天就是除夕了，你在他乡可好？维多利亚港的夜景是否璀璨依旧？浅水湾的沙滩与阳光是否迷人如故？会展中心广场上那朵“永远盛开的紫荆花”是否绽放如初？香港的冬天是否依旧那么热情明澈，绿意盎然？

今年家乡的冬天是一个多雨的季节，瑟瑟的寒风、淅沥的小雨肆虐着城市的每个角落，像是在诉说着家人对你的思念。老家门口我们共同栽下的法国梧桐、白杨和银杏树经过冬的洗礼，叶片凋零一地，飘落成诗，偶尔有一片两片摇曳在枝头，仿佛是在向你招手，呼唤你的归来。可我知道，今年的春节，你又回不来了。从军十六载，在家过春节的年头屈指可数。此时的你正在军列上执行公务，预计要到春节后才能结束。其实我多么希望那飞驰的列车驶向的不是远方，而是家的方向……

近来在与你的交流中，发现你萌生了想脱下军装回归家庭的念头。我想这大概与你最近工作的压力、事业的瓶颈和家庭给你的压力有关吧。常年漂泊在外，你有这样的想法，我能理解，也很感谢你能体谅我的不容易。若能结束长达十年的两地分居生活，我自然是欣慰雀跃的，对孩子的成长也是有益的，儿子能在跟前及时行孝，父母自然更是欢喜的。

但作为一名共产党员，作为你的妻子，我想对你说：岁月静好，仍需要我们负重前行，你我都有属于自己的责任与使命，只有泥泞的路才能留下深刻的脚印，不管现在有多难有多苦，我们要坚定理想信念，不忘初心与使命，不负韶华，不负梦想，奋力前行，当我们蓦然回首时，会发现所有的付出都是值得的。

我相信你一定忘不了十六年前的那个冬天，你穿上梦寐以求的军装时对自己许下的承诺，从此你踏上征程，成了我心中最可爱的人，而你身上的那抹橄榄绿便成了我最爱的色彩，在阳光下闪耀光彩，熠熠生辉。

我相信你一定忘不了你军校毕业时，被选调到驻香港部队时的兴奋与激动。是的，我也没有忘记，我为你的优秀感到高兴和自豪。为了你的梦想与初心，为了我们的爱情，研究生毕业后的我告别了大都市的繁华与喧嚣，追随着幸福的脚步，回到了你我的家乡。

我相信你一定忘不了你对我说，你要把整个青春都奉献给这一抹橄榄绿，问我是否愿意与你携手到白头时的忐忑与期许。当时我从你坚定与充满希望的眼神里，看到了你对这身军装的热爱，读懂了你对我的心，做出了我人生最重要的决定：执子之手，与子偕老。

我相信你一定忘不了你身着戎装牵着我的手走进婚姻殿堂时的美好，从此便开启了十年茫茫相距千里的两地分居生活，然而我也多了一个光荣的名字——军嫂。

我相信你一定忘不了你在党旗下对祖国和党的铮铮誓言，忘不了军营生活留给你的美好回忆，忘不了那拳拳的战友情……

作为你的妻子，我没有忘记选择军婚时的初心，没有忘记作为一名军嫂应尽的责任，没有忘记为了团聚大年三十独自一人带着孩子去香港看望你，然后在除夕夜与你和孩子一起站岗守岁的满足与美好，没有忘记你为我佩戴你的勋章时的热泪盈眶，也没有忘记你在军营门口目送我们时眼角的泪水，没有忘记你执行任务时我提心吊胆的心情，没有忘记每次你休假回来我去车站接你时的雀跃，更没有忘记你对我和孩子心存的内疚……你让我忘不了的太多太多，这一切都是我坚持下去的动力。

我亲爱的钢铁战士，你的眼里有我想要的勇气，所有的辛酸与苦楚我都愿意自己扛，生活的重担我来挑，只愿你可以坚定你的初心和步伐，继续在祖国需要你的地方沿着梦想的方向大胆勇敢地往前走。虽然现在咱们相距千里，但我觉得那是幸福的距离，虽然在我分娩时你没能陪伴在旁，没能第一时间见证孩子的到来，虽然因相聚太少见面时孩子不愿喊你爸爸，虽然在我最需要你时你不在身边，虽然没有你侬我侬的花前月下，虽然生活苦了点累了点，但我觉得这是一种别样的浪漫，为了你，我心甘情愿，我享受你给予我的酸甜苦辣，因为我和孩子们都深深地爱着你，爱你的忠诚与执着，爱你的勇敢与坚强，爱你的担当与奉献，爱你的真挚与风趣，爱你身上的那抹橄榄绿……

我亲爱的钢铁战士，你既然选择了远方，便只顾风雨兼程吧！播下的种子，会飞作满天的花朵，束缚的蚕蛹定会化成遍山的蝴蝶。我愿做舒婷笔下的那一株木棉，作为树的形象与你站在一起，根，相握在地下，叶，相触在云里，仿佛永远分离，却又终生相依。

我亲爱的钢铁战士，你是卫国汉，我是军人妻，一家不圆万家圆，天上的那轮明月是我为你点的灯。家里一切安好，勿念！

你永远的流氓兔

2020年1月16日凌晨

挣这样的钱最苦也最高兴

2014 年 10 月

写信人：何新建（株洲攸县人，获2009年“中国好人”荣誉称号）

沛沛：

你没拿到助学金气得哭了，问我可不可以找老师把自己的情况讲一讲，还有，你班上有父母的同学却拿了助学金，更是让你想不通。你的信我看了几遍，就这样跟你说说行不行？你讲的这个同学吧，他的实际情况可能你也不了解，我更不了解。但，小英家的情况你是知道的，她父亲严重智障，母亲有精神病，还有一个小妹妹。一家人全靠小英的奶奶种地，里外操持，连住的破旧房子都是别人的。如果你这个同学跟小英家一样，我认为你不用想就明白了。往后，凡遇到一时想不通的事情，多拿别人比自己，莫拿自己比别人。

找老师讲我看就算了，我认为，你的情况，无论老师知不知道都是一件好事。因为，这已经给了你一个自我成长的机遇。从贫困孩子到贫困学生，“贫困”这顶帽子你戴了十几年，这顶帽子是任其掉下来好，还是等别人从你头上拿下来好呢？我认为还是自己主动摘下来好。把它丢到荒山野岭中去！

跟老师讲无非是希望帽子的带子系牢一些。冬天过去了，春天来了，和风里暖阳下头上不戴帽子多舒畅呀！艳艳大二拿了奖学金，拿了国家励志奖学金、助学金贷款、就餐免费卡。还有一个扶助金，退回去了。自主摘帽，主动脱贫，在大学里学会自强、学会自立，对你们来说很重要，也很是时候，奖学金是用自己成绩换来的。不拿没有自己汗水的钱，就从现在开始，因为你19岁了。

没有助学金困难会大些。学费，助学金贷款解决了。学生处安排你在食堂做事，餐费免了。星期天、寒暑假做些兼职，解决杂用问题不大。不够，告诉我。最理想的解决方法是拿学校奖学金、拿励志奖学金。

你说大学里不比中学，尤其是在同一宿舍里，有句话叫“敬而远之”。在她们讲吃讲穿的时间里，你将自己放进图书馆里，或者到一个僻静的地方去温习功课。另一方面，也不妨做些正向的努力，学习上主动和她们交流，室内卫生积极去做，发挥自己能洗会刷的特长去成为她们不可缺少的朋友。

交了申请书，你问我应该怎么做，什么时间才能成为党员，这看个人表现和院系情况。波仔交的申请书，大一就解决了。志雄是带着预备党员的身份走出大学校门的。一般大三、大四期间解决的多。怎么做，就按你在我身边那样去做——你把我当作父亲，做任何事情像生怕做得不好就对不起我一样。现在你上了大学，离开了我，我希望你走进党的怀抱。你没有父母，每一个党员都是党的儿女。写到这里，你应该知道怎么做了，而且会做好！

沛沛，我记起了你四年级的时候写给我的一封信，那年你爷爷的脚肿得走不了路，种的茄子、苦瓜吃不了，任其烂掉又会心痛，爷爷叫你挑到丫江桥集市上去卖，茄子三角钱一斤，苦瓜太小没人要。散场的时候，还剩些菜，一个人给了一元五角钱，菜全给他了。那年你刚满十岁，从你家到丫江桥集市，往返二十多里。挑着菜去，背着空篓子回。你在信里说："伯伯，你不知道我有多高兴，卖了四元七角钱。我一分钱都舍不得用，回到家里太阳都偏西了。爷爷听说我什么也没吃，流泪了。当我将钱交到爷爷手里时，看着这钱，你知道我心里有多乐吗？"沛沛，只有这样来的钱看着才乐呀！去挣这样的钱最苦、最累、最饥、最渴，却也最高兴呀！

别忘了起床后喝杯水。

此致

敬礼

伯伯：何新建

2014年10月

塞拉利昂一处院子里的芒果树

2020 年 1 月 15 日

写信人：刘宇（长沙浏阳市淮川街道卫生院）

收信人：卡努（塞拉利昂中塞友好医院）

亲爱的卡努医生：

您好！好久不见了，您在塞拉利昂还好吗？我回国已经一年半的时间，无时无刻不在牵挂着您，牵挂着中塞友好医院的那些朋友，牵挂着塞拉利昂那些贫苦善良的人民。

中塞友好医院还是那么忙吗？不知现在热带传染病病人的数量有没有减少？那晚我们一起为艾滋病人急诊做胸腔闭式引流手术，我还记忆犹新。您是塞国难得的外科医生，请一定要注意自己的安全。新一批援塞医疗队的队员们都还适应那边的生活吧？不知现在医院的用水问题有没有得到改善，当初那泥泞浑浊的生活用水，使我回国很长一段时间洗澡都保持着关灯的习惯，至今我都不愿意穿白衬衣。

护士Novella和检验师Donald去年在省肿瘤医院进修学习，我专程去看望了他们俩。他们感叹中国的发达、长沙的美丽，Novella说蛋炒饭是世界上最可口的美食。我送给她一条黑色的连衣裙，她笑着跟我说穿这身衣服出门，就算是没有太阳的天气，别人都会以为她是个影子。Donald惊叹于微信功能的强大，他从没想过出门都不用带钱就可以搞定所有的衣食住行。他们感谢中国给他们机会来学习，如果可能他们真想留下来。

清洁工Abdul还好吗？那个强壮的家伙一顿能吃半盆子饭，每天都顶着烈日把咱们医疗队的院子打扫得干干净净。不知道爱吹牛的他现在是否真的结婚了？您知道他连住的地方都没有。每次淋雨感冒了，他都会问我要疟疾药，他认为所有的病都是蚊子惹的祸。我回国那天，他打着赤脚追在吉普车后面哭着跟我挥手道别的情景，每次想起都让我鼻子一酸。

记得您说您上次来湖南是2014年。您知道吗，随着中国的快速发展，湖南人民的生活越来越好了：精准扶贫工作的实施让一个个困难家庭摆脱了生活困境；家庭医师签约工作的广泛开展让每一个老百姓都能拥有属于自己的私人医生；“4+7带量采购”让慢病患者常用药品的价格一下子降了许多；“健康浏阳”等网络平台的搭建让每个人的健康资料永远不会丢失，无论去哪看病都能在云端快速找到既往的就诊记录以及检查结果；医保政策越来越完善，人人都能享有医保，中国百姓正在用越来越低的费用接受越来越好的医疗服务。这些，估计让身为医生的您都羡慕不已吧。作为中国人民的老朋友，真希望您能再次过来看看。

感谢您在塞国对我无微不至的照顾，像我的家人一样。在我感染伤寒的日子里，您送给我的塞国草药我现在都还保留着。临行前您送给我那两个小女儿的衣服，她们现在都已经穿不下了。每次翻开我们在一起工作生活的照片，我都会感到阵阵温暖，那是我此生最珍贵最难得的记忆。多少回睡梦中，我回到了塞国，回到了我的诊室里，回到了院子里的木棉树下，回到了美丽的蓝茉莉海滩上，回到了您身边。亲爱的朋友，上帝保佑您！愿您身体健康、工作顺利，愿我的那些塞国朋友们都平安幸福。

最后，有时间请帮我给院子里的那棵小芒果树浇浇水，两年前的生日那天我种下它，不知道现在是不是会结出小芒果来了。

您永远的朋友：Dr Alex

2020年1月15日

我心中的红色名片

2020年9月2日

写信人：李煌（长沙市开福区教育局第三幼儿园）

亲爱的爷爷：

您在天堂过得好吗？天堂里有没有三尺讲台，有没有书声琅琅？没有那么多学生找您答疑解惑，您也能歇歇了，一辈子没歇下的您，还习惯吗？

爷爷，您去世到现在已经十二年了。这个暑假我回到老家，又一次和爸爸瞻仰了您的“澹园书屋”。在这个充满红色印记的房间，翻看您手写的备课本，打开书柜里一本本厚重的诗词、笔记，泪水模糊了我的双眼，仿佛又和您进行了一场心灵的对话。您扶着眼镜语重心长地对我说：“好好教书育人！”

墙上挂着您和伯爷爷的照片，我思绪飘飞……

听爸爸说，伯爷爷1904年出生，1926年毕业于北京朝阳大学，同年加入中国共产党。1927年由党组织派回湖南，与革命先烈郭亮等同志一起开展地下党活动，积极组织工人运动，开展反封建、反压迫的斗争。1928年4月，因叛徒告密，伯爷爷不幸被捕。他坚贞不屈，经受了敌人的严刑拷打，当年8月在长沙识字岭英勇就义，年仅24岁。楚藩伯爷爷英勇就义后，您以乡村小学教师的身份，继承兄长遗志，积极参加当地地下党组织的活动。在解放前夕，您冒着生命危险，组织群众筹粮筹款，支持人民解放军。

解放后，您在乡村从事教育工作四十多年，勤勤恳恳教书育人，是当地很有名气的老教师。您对古典文学深有研究，作品也多次获奖，至今仍然是我们学习的典范。退休后的二十年里，您还不忘育人事业，一直从事关心下一代的教育工作，先后为少年儿童讲课150多堂，出黑板报386期，并创办了家庭图书室——澮园书屋，供当地少年儿童阅读。您一身正气，两袖清风，在乡邻中享有极高威望。

到八十高龄，您还要坚持出黑板报。大家劝您："李老师，您都这把年纪了，该歇歇了。"您却教导我们："我是一名共产党员，为老百姓做点事是我的责任和义务。"受您的影响和熏陶，爸爸也扎根在乡村，为教育事业贡献了青春和汗水，尽管现在退休了，但他也像您一样，孜孜不倦投身到慈善工作中，创办了"雷锋慈善基金会"，为当地的贫困家庭和孩子助学助力，为他们点亮希望。

面对困难，您从未退却；面临逆境，您毫不畏惧。高山险阻，挡不住您育人的步伐；风雨严寒，浇不灭您心中的明灯。您一次次默默地托举，身为船，手当桨，您是乡村教育的摆渡人！大爱无声，落花有痕，您更是我心中的一张红色名片！习近平总书记说："天下之本在国，国之本在家。”作为您的孙女，我已成为一名幼儿园的园长，在您的言传身教下，尽管不能像您那样惊天动地，却也在平凡的岗位上奉献着自己的爱和青春。我对孩子们付出了爱，也赢得了家长和孩子对我的爱，谢谢您让我明白了教育就是爱的事业。没有春风化雨，有的只是润物无声。能够立足三尺讲台，真的很幸福！

最后，衷心祝愿天下所有的教育工作者一生平安！

爱您的孙女 李煌

2020年9月2日

也应回首故乡遥

2020年1月12日

收信人：谭恒岳（湖南浏阳籍台胞，谭嗣同后人，现居中国台湾）

尊敬的谭恒岳老先生：

您好！

2017年8月我随同浏阳市谭嗣同文化研究会到台湾考察，有幸受到您的热情款待。记得您在祝酒时说："浏阳是我的根！是我永远的家！我永远是浏阳人！"是啊，一条浅浅的海峡割不断两岸同胞的血肉亲情！您是浏阳大家庭的家人，是浏阳的乡亲，是我们的长辈。所以我把这一封家书写给您，与您拉拉家常，向您表示老家亲人的慰问和祝福！

众所周知，世界上只有一个中国，大陆和台湾同属于一个中国，大陆和台湾同胞血脉相连，自古以来大陆与台湾就有着密切的联系。清光绪十四年（1888），您的堂祖父谭嗣襄离开浏阳，横渡海峡来到台湾，担任台南凤山县盐务。当时的凤山，还是一片山地部落和汉民杂居的地方，瘴气弥漫，灾情不断，罡风苦雨，艰苦异常。他不辞劳苦，为台湾百姓的福祉四处奔波，不幸积劳成疾，病逝于台南，把年轻的生命献给了台湾宝岛的开发事业。1895年甲午战败之后，台湾被迫割让给日本，引发了大陆十八省举子公车上书，成为戊戌变法的前奏。您的堂祖父谭嗣同心怀国恨家仇，长歌当哭，和着泪水写下了一首诗："世间无物抵春愁，合向苍冥一哭休。四万万人齐下泪，天涯何处是神州？"至今谭嗣同的神位供奉在台北的忠烈祠，谭嗣襄逝世的地方台南蓬壶书院遗迹尚存。所以我们来到台湾考察，追寻先贤的遗迹和史料，加强两岸同胞的联系和交流，促进祖国和平统一大业的实现。

谭家是浏阳的名门望族，历史上人才辈出，人文蔚起；历代先人忧国忧民，精忠报国。您的曾祖辈素来关心民间疾苦，至今佳话流传。您的祖父谭嗣穆嘉谋善政，造福一方，回乡后变卖田产兴学重教，招收贫家子弟免费入学，春风化雨，桃李芬芳。您的父亲谭湘泉思想进步，同情、支持革命，曾保护中共地下党员和红军家属，向红军部队捐赠钢炮、来复枪、石印机以及活动经费。家乡人民没有忘记谭家几代人为社会发展、历史进步所作的贡献。

您今年已经96岁高龄，是历史的见证人。抗日战争时期您在家乡组织民兵抗日，保家卫国，功不可没；赴台之后积极联络亲友，致力于"仁学"研究，支持家乡建设事业，为国家统一奔走呼号。我们赴台考察，您不顾高龄亲自出面接待，接受采访，同时捐赠了一批珍贵资料给谭嗣同纪念馆用于谭嗣同研究，充分表达了一个游子对故里的拳拳之心。

清末民初，谭、宋、刘、黎四姓号称浏阳四大家族。谭、刘两家可谓世交。一百多年前，谭、刘两家的先贤为了国家富强、家乡富裕曾经在一起共同奋斗。我们家族的长辈刘善涵有幸与谭嗣同一起，办煤矿，兴算学；谭嗣同殉难之后，又与李闰一起创建浏阳第一所女子学校。在台湾，您有意安排我们认识了您的外孙和孙女婿。他们是在台湾出生、成长的新一代，我们一见如故。他们与您一样爱国爱乡，对谭嗣同满怀崇敬之情。“斗酒纵横天下事，名山风雨百年心。”但愿谭、刘两家的后人重续前缘，再次携手，为祖国统一继续努力！我想两家的先辈有知，一定会含笑九泉！

由于年事已高，您已经十多年没有回家乡了。家乡浏阳发生了翻天覆地的变化。浏阳由过去的小县城，发展成为一个美丽、精致的现代化城市，多条高速公路在浏阳交会，一栋栋漂亮的房子遍布城乡，乡亲们过上了安宁富足的幸福生活。尤其是教育取得了巨大进步，全市基本普及了高中教育，孩子们在花园式的校园中茁壮成长。故乡的山更青，水更绿。谭氏诸多先贤的坟墓均得到了妥善保护，谭继洵、谭嗣襄、谭嗣同、李闰的坟墓，以及谭嗣同故居、谭烈士专祠、算学馆旧址，均列为了文物保护单位。“灞上垂杨牵客思，也应回首故乡遥。”我诚挚地邀请您以及您的家人，在方便的时候回家乡走一走、看一看。正如您所说，浏阳是您永远的家！

值此新春佳节到来之际，祝您和您的家人身体健康，新年吉祥！

晚辈：刘正初 上

2020年1月12日于浏阳

老父亲的几句唠叨

2020 年 8 月 18 日

写信人：朱守官（湖南株洲人，获2018年“中国好人”荣誉称号）

杰儿：

近安！

今日得以闲暇，提笔书信给你。

你现已在法院上班，为父特唠叨几句。

首先，书不可不读。“活到老，学到老”，学习乃是人生始终的任务。

其次，勿贪意外之财，必须牢记于心。这方面的反面教材很多，想必你在单位也受过这方面的教育，但为父还是要提醒你谨记。

再次，轻听发言，安之非人之谮诉，在工作中也是要时刻牢记于心的。公正、公平是你工作的准则。百姓是在无奈之时，才来寻求法律保护，如你有失公允，那就亵渎了自己的职责，侮辱了至高无上的法律。

饮食约而精，园蔬愈珍馐。生活一定要节俭朴实。父办企业，虽小有成就，但社会责任不敢忘，乡村振兴是农业产业龙头企业的责任，带领村民致富是我奋斗的愿景。在乡下创业20余年，深知一粥一饭，来之不易；半丝半缕，物力维艰。俭以养德，这是亘古不变的真理。

时已不早，就此搁笔。盼儿永记家训，为人若此，庶乎近焉。

父亲于 2020年8月18日夜

纸书一封劝母亲

2020年1月28日

写信人：贺美华（湖南图书馆）

妈妈好：

很多年没有给您写过信，今天写信给您，首先给您道歉，是我昨天态度不好，让您生气了。看着您拖着疼痛的双腿，哭得发哽的样子，说实在的，我很是心痛。来长沙后，您儿媳耐心劝导，我自己也深深反思，觉得我当时太过冲动，把一片好心说糟了，请您原谅。

爸爸是2017年5月得的脑出血，你们相濡以沫五十多年，我知道对您的打击有多大。在一家人的共同努力下，老爷子总算是保住了命，但如今大小便不能自理，记忆力基本丧失，一个原本桃李满天下、骄傲自负的人，如今却只能在别人的料理下生活，如果不是这两年多您一直细心地照顾，他不可能身上没长褥疮，没有病人气味，活得这么有尊严。

我和小陈要您和爸爸从乡下搬到长沙来住，主要是有几个原因：一是我和小陈都要上班。现在是疫情高发时期，我是单位主要负责人，必须靠前指挥；她是医院工作人员，更有救死扶伤的职责。自古忠孝不能两全，我们都是以身许国的人，最关键的时候我们不能逃避，必须肩负起应该肩负的责任。二是农村防范意识有待提高。春节期间互相走动多，聚会吃饭打牌等也并未完全禁止，存在巨大的疫情防范风险。您待人和善，又不忍心拒绝到我们家来的客人，这是相当危险的。三是您自己有关节炎病，爸爸又体重不轻，大小便和洗澡等事情您没办法一个人完成，请的帮忙的人最近也因为家里的事要和子女一起去住了，没个帮手您怎么能扛得住？所以，我们两个商量并征求姐姐、姐夫意见后，希望您能搬到长沙来和我们一起住，一则城里条件更加好一些，二来我们也可以在下班后更多地照顾爸爸，分担一些您的事情，这是我们的出发点。但您总担心给我们添麻烦，会影响我们的工作，不想来长沙，所以我一急，才可能语调和态度不好，让您生气了，对不起。

您是一位伟大的母亲，脑子里永远只有别人，宁愿自己吃亏也要让着别人，这是我们非常敬重您的地方。您将儿媳和女婿视为己出，这也是为什么爸爸生病花了几十万，他们二话不说主动分担，也是为什么看着您腿脚不方便，多次提出要您和爸爸进城居住。您虽然读书不多，但很有大局意识。记得在爸爸住院治疗期间，厅领导找我谈话，要我到湖南图书馆任职，我一度在亲情和责任之间犹豫，也是您轻轻的一句“你们去做应该做的事，我扛得住”让我选择了为民做事，迄今无悔。但我还是要说一句，您不是神仙，随着年龄越来越大，身体也越来越差，有些事，您真的扛不起了，也该我们大家帮着扛了。

我在写这信的时候，小陈已经在网上订了一款适合爸爸起居的电动病床，您来长沙住时照顾爸爸就更加方便和轻松了。家里的鸡和菜园的菜您不要过多考虑，等疫情好转了，我们还是可以每周开车带您和爸爸回家看看，反正也就个把小时的路程。再者，以您和爸爸在老家的为人，会有很多邻居和亲戚帮着照料的，您以前在长沙帮我们带孩子的那几年里，不是每次回家都发现家里被邻居照看得井井有条吗？

我因为今天还要开党委会部署单位的疫情防控工作，不能回来接您，我已跟姐姐说了，请她回来接您和爸爸，顺便把这封信带给您，请您原谅我的急躁，到长沙来和我们一起住，我们永远是和谐幸福的一家人。

儿子：美华

2020年1月28日

人生的第一个重要转折点

2020 年初夏

写信人：柴伟（张家界市慈利县二坊坪镇人民政府扶贫站）

我的宝贝女儿：

光阴似箭，稍纵即逝，你正步入青春期，面临着懵懂好奇的叛逆期，又要迎战中考——你人生中的第一个重要转折点，也是你人生中第一次重要的考验，更是体现你泛舟书海九年价值的时刻。女儿，想着你每天三更眠五更起，挑灯奋战，来去匆匆的身影，我感到心疼。

女儿，你要知道机遇和挑战是相依并存的，不要被困难与挫折击垮，要让它们时刻鞭策你、锤炼你，成就坚强自信的你。女儿，你要记住，只要你比别人付出更多的努力，更多的辛勤，更多的认真，我相信你会比别人收获更多，你的生活也会比别人的更加灿烂多彩。

女儿，你还要知道：你并非孤身作战，父母永远是你最可信赖的朋友，最坚强的后盾，最有力的依靠。

爸爸在乡镇上班，妈妈在别的城市务工，你没有像别的孩子一样被娇惯和宠溺。我知道你也曾在爷爷奶奶面前无数次地说：“为什么爸爸从来不接送我上下学，每次都是奶奶呢？”奶奶只能无奈地说：“爸爸忙，单位事情太多。”是啊，今年疫情期间，爸爸把你带到单位，你感受到了爸爸上班的忙碌和辛苦，每天都自觉地完成学习任务。这次你过生日，爸爸不能请假回家，只能提前在周末的时候请了一天假陪你。作为扶贫工作者，周末和节假日不能保证，为的是贫困百姓能早日过上幸福的小康生活。

女儿，中考的号角已吹响，中考的战旗在高空飘扬，胜利在向你招手，爸妈相信你能够用理性的智慧、执着的信念去成就你重点高中的梦想，为上重点大学跨出这一步，为你的未来打好坚实的基础，迈好你人生最精彩的一步。

女儿，希望你在无涯学海的漫漫航路上，不怕困难险阻，勇往直前，永不放弃，成功终会属于你！

最最爱你的爸爸

2020年初夏

爸，我读懂了您的风骨

2020年1月31日

写信人：周昕（怀化市辰溪县财政局）

敬爱的爸爸：

您好！

同您一起刚吃了年夜饭，我便接到单位通知，我告诉您武汉暴发了疫情，我要回单位去排查问题，您毫不犹豫地说："你去吧！你捧国家的碗，应该为人民大众着想。"

您大公无私的话语和对我工作的理解与支持让我感动不已，回途中心情无法平静。记得春天时，我回老家看您，没见您在屋里，我便爬到屋后的山坳上打望，见您正驼着背挽着裤脚儿蹲在地里一步一步地倒退，双手麻利地栽着辣椒苗。我很震惊，您都八十五岁了，还在操劳。

辣椒是家乡的特产，既辣又香。这种香是其他辣椒无法比拟的，我们对它情有独钟，一年四季都离不开它。您每年都要种些给我们这些在外的孩子。

爸，这两年您灰黑色的脸上增添了不少皱纹，牙齿也脱得只剩几颗了，让儿总担心您的身体，可您心胸阔达，充满阳光地回答我说身体还硬朗，没有事的，仍蹒跚着脚步不服老。

我参加工作后，退下来的您，看到自己当村主任时建的校舍漏雨，心痛极了，便拉下老脸到村民中去筹资。针对校舍横梁腐烂，您不畏酷暑，带着几位老干部到自己的责任山上去砍树，在树旋转倒下正朝一位老干部打去时，您奋不顾身地上前对那位老干部猛推一掌，老干部被推到一旁，树枝砸在了您身上。

我赶到医院，见您鲜血直流不省人事。在去CT室的走廊上，医生就对担架上的您背部扎了一针，确认胸腔没过多积血后，又迅速地为您做了脑电图检查。CT结果告诉我们：您右肩胛及脚粉碎性骨折，胸膛也断了13根肋骨。您被送进了急诊室，鼻孔插了输氧管，手背上挂上了吊瓶。一天一夜后，您突然睁开了眼说头痛。我用双手轻轻按摩您的头，按着按着，您艰难地对我说："这回我恐怕是熬不过去了，你们不要流泪，丧事一定要从简办理。"我伸手封堵您的嘴，痴痴的，不知怎么对您说，汗水和泪水一并往下滚。

您受伤的部位多，需要大量输血和尽快手术。医生说手术风险很大，要我慎重考虑。我毫不犹豫选择了手术，可心还是不停地颤抖。

您在手术室里度过的四小时，是我人生中最焦虑的四个小时。您从手术室被推出后，我急忙上前问医生。医生告诉我"手术很成功"，我悬着的心终于落下了。我上前护您进入电梯，随后来到了病房，您的鼻孔插着输氧管，手背上依然挂着吊瓶。

第二天，您醒后，望着窗外幽幽地说："树怎么会这样倒下？"您的眼角含着泪光，说自己砍了一辈子的树，从来没遇到树这么倒的。

您在医院躺了三个多月后，为了给我们节省开支，坚决要求出院回家休养。在家静养您很寂寞，躺在床上常发呆。太阳西下时，一声"爷爷"让您眼一下子热了。您对孙子说，最想你了，割肉似的想。孙子坐在您床边，闪着两只黑色的大眼听您说话。您说是后人让您坚强地战胜病魔。看到还在读书的孙辈都给您买了营养品，您又很不舒服。您把大家送给您的营养品分给孩子们吃。礼拜天，您总要给孙子打电话，电话通了，您说："是爷爷，你什么时候到爷爷这里来？"孙子说："作业多，没时间！"您又沉默起来，过了一会儿，您含着眼泪说："想爷爷不？"孙子说："想。"挂掉电话，您的眼泪缓缓地流了下来，悄无声息的，巨大的孤独像影子一样笼罩了您。晚饭，您吃不下。您努力不去想孙子，可越刻意越是想得厉害。

一年，多么漫长的一年，您每个礼拜天都给孙子打电话，每次大概五到十分钟。这五到十分钟，是您一星期最快乐的时刻。您似乎每天都在等待这五到十分钟，其余的时间可以忽略不计。您和孩子们的感情越来越深，每次孩子们叫"爷爷"，您都会很激动，因为那是您最幸福的时刻。

这一年，您被迫离开了土地，您在床上闷得慌。

这一年，您老了许多，背驼了，脚瘸了。

尽管您背驼脚瘸，只能躺在床上，可您对生活还是充满信心。

记得儿时冬天，家里的火钵子和火锅炉烧炸了，您用铁丝捆绑好，叫我们继续用。家里所用的扁担、竹篮、竹篓、竹筐，您都坚持自己织，您教我们要"自力更生，艰苦奋斗"。

我十三岁的那个深秋，您带我上山砍柴；我溜到集体地里扯了好几蔸花生喊您一起吃，被您恶狠狠地批评："小时偷针，大了偷金。孩子从小就要学好！不能偷吃别人和集体的东西，不然就会犯法害自己……”

我跨出校门去政府上班的第一天，您曾严肃地对我说：离巢的鸟，要学会展翅。

如今生活富庶了，可您还要求我们勤俭和节约。家里的自来水洗衣服后，要我留着擦地板，冲卫生间；家里的淘米水要我留下来洗菜，洗碗，洗锅；在外吃饭，您要我们将吃不完的饭菜都打包回家……您说我们不能好了伤疤忘了痛。

您的教诲，像一座高耸入云的大山给孩子力量，让我们兄弟姐妹用心念书，最终都飞出了大山。

母亲逝世后，儿子怕您孤独想接您进城，可您总是说：“我的家在这里，不能关门。”

我没办法，同您讲城市就医的便利和生活的美好。您却说您动不了了自然会跟我，说寨子现在公路硬化且通到了家门口，看病只要拨打120，车子都上门来接了，说国家实施精准扶贫，惠农政策越来越好，农民收入大增，日子越过越红火了……

我点头，说自己在扶贫，感受很深。您又对我说：“幸福来之不易，我们不仅要自己不忘过去，更要教育好后人永远不忘初心。”

听了您的话，我真佩服您想得周到想得深远。您如行走在天体中的流星，燃烧自己，照耀后人前行。您默默传递的这种家风，引领着我们从严要求自己，注重身教，为后人引路。

您没有惊人的壮语，却有湘西汉子的阔达与倔强。您用勤劳、朴实的情愫和坚强、奋发的毅力，唱响了生命最美的旋律。

爸，在人生这条坎坷不已的路上，能成为您的儿子，是我一生的骄傲，能聆听您的教诲，是我一生的幸运。这些年，无论我在什么情况下，在何种工作岗位上，您刻入我骨子里的这些东西，始终照耀和鞭策着我奋力向上。爸爸，儿子的水平有限，千言万语也表达不了我对您的爱，儿子的心和爱就在这简简单单的字句里。最后，万语千言汇成一句，儿子祝您长寿、晚年幸福；儿子爱您，永远爱您！

儿

2020年1月31日于辰溪写

从“静”字体会人生

2020 年 2 月 10 日

写信人：胡紫桂（湖南省文联）

收信人：胡笑雨（中国艺术研究院）

亲爱的女儿：

这段时间好吗？爷爷、奶奶、妈妈和家里亲人都好吧？

爸爸一切都好，勿念。

现在，我每天两点一线往返于家与单位，目前主要工作是组织全省抗疫主题书法创作。

由于疫情形势严峻，很多单位都延迟了上班，大街上门店紧闭，地铁、公交几乎无人乘坐，道路从未有过地通畅。现在的长沙很是安静，静得出奇，静得令人难以置信。

一直以来，爸爸都是忙忙碌碌，工作、学习、创作、应酬……经常很晚才回家，也很少在家与你和妈妈一起吃上一顿饭。这突然而至的安静令人措手不及，打破了我以往的习惯，改变了我的工作、生活节奏，也使我略有些时间静下来，正好与你谈谈心。只是这段时间你与妈妈都在乡下，我每天回家后，总是想念你们。

当年，爸爸为了自己的理想，报考了中国美院，备考时你还没有出生。收到录取通知书的那天，妈妈怀抱着尚未满月的你，眼泪瞬间夺眶而出，此情此景恍如昨日，每每想起，我心里仍是五味杂陈。

美院毕业后，我先在北京漂了两年，之后回到长沙工作。第二年，把你与妈妈接到长沙，妈妈做起了全职太太，负责料理家务、接送你上下学、辅导你的作业，负担起全家的后勤，从此，我们一家才算完全安顿下来。

那些年，爸爸一直在努力工作，事业上也取得了一些成绩，当然，现在依然很努力。妈妈很能干，把家里打理得井井有条，你自己也很用功，十五年过去了，现在你已经顺利考上了自己心仪、我们也很满意的专业研究生，正在既定的人生道路上奋力前行，前途可期。回望你成长的足迹，看到你现在所取得的成绩，我和妈妈无时无刻不在憧憬着你更加美好的未来。

听说你们学校也推迟开学了？这段时间你在乡下要做好安排，作息上要有规律，学习上要有规划，有空的话帮助妈妈、爷爷、奶奶做些力所能及的事情。爷爷、奶奶、伯伯们常住乡下，他们防护意识不强，你要提醒、督促他们注意防护，不要串门，尽量减少外出。

写到这里，已是晚十点，长沙城里除了灯火如常之外，益发一片静谧，我抬眼向窗外望去，车站路与城南路口的红绿灯依然闪烁，我注视了很久，看不到有车辆通行。往日的此时，一定是车来人往、川流不息的，而我不是在工作室挥毫泼墨，就是与友朋们谈艺聊天。但此刻，我独自一人在家，想着你与妈妈，想着我的亲人、师友，我的心也如同此刻的长沙城一样，格外地澄静，并夹带着些许安闲。这短暂的安静也终究要成为过去，惯常于喧闹的我们，面对这突如其来的安静，正好沉下心来，思考自己的过去、现在、未来，思考自己的事业、家庭、师长、友朋，思考社会、人生、理想……

《大学》中说：“知止而后有定，定而后能静，静而后能安，安而后能虑，虑而后能得。”诸葛亮的《诫子书》中也说：“夫君子之行，静以修身，俭以养德。非淡泊无以明志，非宁静无以致远。”关于“静”，古人讲的远不止这些，还有很多很多，在此就不一一列举了。

我对静的理解简单概括如下，希望与你共勉。

一、静心

心静是一切静的基础，只有心静下来了，才能深入地思考、理性地思考，才能做出准确的分析与判断，从而成就自我。

二、静性

静心方能静性。任何人都有自己的个性，有的性情急躁，有的平和淡然，为什么有的性情急躁？那是因为内心没能静下来，总是按照自己的思维来判定是非对错，自说自话，独持偏见，一意孤行。所以，我们要经常提醒自己，当遇到不同见解，甚至是别人的不理解时，一定要澄心静气，沉着应对。明代陈继儒在《小窗幽记》写道：“花繁柳密处拨得开，才是手段；风狂雨急时立得定，方见脚跟。”就是对静性最好的诠释，静性也最能检验一个人的素养。

三、静语

静语就是与别人用言语交流沟通时语气一定要平和，尤其是当与对方观点产生分歧时，切不可带有情绪，即使无意中带出的情绪，都有可能伤害到别人。但不是说当别人对你狂吼乱叫、胡搅蛮缠时你也要忍气吞声，若是遇到这种情况，你尽可义正词严、慷慨激昂、据理力争。

四、静行

能做到静心、静性、静语还不够，还要坚持做到静行。如果说静心是成功的基石的话，那么，静行就是成功必不可少的过程与积累。一个人要成就一番事业，成为一个对国家、对社会的有用之材，静行、笃行是决定性的因素。

以此“四静”与你共勉。

祝平安、健康、快乐！

父字

2020年2月10日

问奶奶过去的事情

2020年2月10日

写信人：章颖智（湖南广播电视台电视剧频道）

我最最最善良的娭毑：

想起我是您的孙伢子，我自己的语气也变得像个小屁股一样，所以用了三个“最”字。这样一写，我自己都觉得开心了起来，接下来我给你读的内容还是不用长沙话了，怕读得不好听。

这次过年你病了，拿起你的身份证办手续，才发现你身份证前6位数和我一样430102，只是后面一个是1933一个是1983，整整相差50年。娭毑，你比我大了50岁！这样一说是不是感觉我们更像朋友了？你知道吗，你住院之后用你的身份证去查询你的医保才发现，几十年以来你从来就没有住过院，身体真的是好得不得了。这次摔了一跤后，进了医院，摔跤的事情记不起来，半夜在急诊处的病床上只是和我来回说：“我每天3点就醒了，6点就出门搞锻炼，不喜欢住在这里，这个床不舒服。”医院里的床确实是不舒服。“我没什么病，就是有点头晕。”你的身体好，我们一大家子人都知道，你霸得蛮的性格，我们一大家子人更清楚。每年农历十二月十二日我们一大家子人就聚在一起为你庆祝生日。这还就是上个月的事情，吃生日蛋糕的时候我们可是说好了要活到100岁的啊！

这次住院你一直以为是得了新冠，其实不是的，是你的心脏出了点小问题，吃辣椒吃了80多年，脾气估计也是辣了80多年，心脏估计也是被辣椒辣到了。医生说以后要注意不要发脾气了，心平气和点。这辈子没和医生打过什么交道，那就更要听医生的话了，我们一大家子人就你的年龄最大，我们只能把医生搬出来了。

还记得章小乖在你生日那天给你画的画、上面写的想问你的问题吗？其实我也有好多问题想问问你。想问下你，我小学的时候，晚上走到五一路临时给我去买第二天要用的算盘的事情你还记不记得；想问下你，当时在解放二村隔壁的那个总是给我倒水喝的奶奶现在住到哪去了；还有好多好多的事情要问你。等你出院了，等疫情过去了，找个天晴的日子，我想听你慢慢说说以前的故事。

希望你早日康复！

爱孙：章颖智

2020年2月10日

姐，回来看看吧

2020年2月6日

写信人：倪湘萍（湘潭钢铁集团）

亲爱的表姐：

问安，好！

我以为时间和空间都不是距离，湖南的我，江苏的你，却总是错过弥足珍贵的相见。我们明明有着血浓于水的亲情，可对彼此的了解仅仅来源于我妈妈和你爸爸各自的简单描述。那年匆匆见面，我十二，你十九；而如今，我已四十有加。

你的一声“还好吗？工作顺利吗？”让我瞬间思绪万千。缘分，似乎虚无缥缈，但又感觉实实在在伸手可握，既是偶然的选择，又好像是必然的相遇。如同你，如同我，如同我们一家与湘钢的不解之缘。

你知道的，我爸爸是一名军人，婚前和婚后很长一段时间都生活在部队，他见证了哥哥和我的出生，但却缺席了我们的蹒跚学步，牙牙学语。也许有遗憾，但他深爱着他的部队和战友。如果说之前的艰难还可以勉强克服，妹妹的出生无疑激起了他作为父亲的责任和担当，权衡之下，转业是当时最好的选择，众多的接收单位，爸爸选择了一江之隔的湘钢，开启了我家的湘钢之旅。

彼时，湘钢令我印象最深的是陪爸爸早出晚归的工具袋，是夏天的冰棒和西瓜，是秋天的梨，是冬天的苹果，是春节的肉和鱼，更是那一辆28单车。在邻居小朋友艳羡的目光中，有一个在湘钢上班的爸爸是无上的荣光，那感觉现在回想起来都嘚瑟无比。

子承父业，许是受爸爸的言传身教，哥哥在二九年华光荣地成为一名军人，无独有偶，转业时他不假思索地回到了湘钢。而我呢，在“吃国家粮”的荣誉鞭策下，适逢当时可以照顾性地购买城市户口，便耗尽洪荒之力考到了梦寐以求包工作分配的湘钢技校。

我和哥哥差不多同时进厂，儿女都在湘钢工作，大大地告慰了老父亲的心，“好好工作，注意安全！”，言简意赅的叮嘱还言犹在耳，晃眼间，我们就已人到中年。一路走来，我们见证了湘钢的低谷，见证了湘钢的不屈，见证着湘钢的成长。湘钢的生产规模从当初的几十万吨，跃升到1000万吨，当然，这里面凝聚着一代又一代湘钢人的不懈努力，艰苦奋斗……

这些年，我们厂的可视红尘得到了有效控制，严禁跑冒滴漏，严禁违规排放，“碧水蓝天，绿色湘钢”，厂区随处可见绿色植被，湘钢，已然成为园林式工厂。

前不久，5G网络落户厂区，湘钢与中国移动、华为公司合作，共同打造5G智慧工厂，建设移动5G智能网络工具、天车远程无人驾驶系统和生产设备数据工具系统。戴上VR眼镜，工程师将能在千里之外知晓车间物料信息及装卸位置、工程车辆运行情况等。坐在空调房内，卸车、吊运装槽、配合检修等作业，全部可以通过5G网络远程指挥，并保障其操控的实时和精准。以“信息化、数字化、智能化”为核心的“智慧湘钢”，让我们拭目以待。

姐，回来看看吧！湘潭有着日新月异的变化，我们现在的家庭情况已不是当初你记忆中的模样。我们从自己是孩子到现在拥有了自己的孩子，趁我们还未老，趁一切正当时，让我们来一次大的团聚。姐，欢迎你们都回家！

敬祝

身体健康，家庭幸福！

妹：湘萍

2020年2月6日

温馨小家，幸福大家

2020年初

写信人：史瑞（湖南师大附中星城实验学校第二小学）

亲爱的博怀：

结婚五年以来，这是我第一次给你写信。从相识、相知到相守，十七年来，我们一起走过了青葱岁月，结婚生子，成为终身的伴侣。还记得年少时，我们常常书信来往，倾诉彼此的爱恋，细数心中的美好。离开了无忧无虑的校园，进入了社会以后，我们很少有时间静下来进行心灵的沟通与交流。现在的我思绪万千，想要对你说说心里话。

大学毕业后，你在社区基层实践。社区的工作纷繁复杂，但你从未抱怨。你扎扎实实做事，一心一意为居民解决问题。你一心向党，积极向党组织靠拢，如愿加入了中国共产党，成为社区党建专干。你常常说：

别人眼中的琐碎小事，对居民来说也许就是迫切要处理的、棘手的难事。那年冬天，夜里下了一场好大的雪，街道上积雪覆盖，眼看要冰冻成灾，居民出行不便。深夜接到社区单位上街铲雪的通知，你从被窝里起来，穿上衣服就出了门。回到家已是天亮，你的双手冻得通红，衣服上结了一层冰碴儿。

后来，你考进银行，成为一名银行柜员。上班的前一天，公公婆婆对你反复叮咛告诫。每逢放假回家，他们也总是不忘在你的耳边敲响警钟：老老实实做事，干干净净做人。而你也用实际行动证明着：虽然每天与金钱打交道，从你手里经过的钱数以万计，多的时候一日可达千万，但你从未动过一丝贪念。你的兢兢业业、廉洁从业得到了组织的信任与肯定，去年年底你成为单位的信贷主管。过手的现金流少了，金钱和礼品方面的诱惑却更多了。不少需要贷款却不符合审查条件的客户找上你，想要“登门拜访”，你总是恪守原则，委婉拒绝。不管是电话或者微信问你家庭住址，你从不透露。我常常为你担心，你却只是笑笑，劝我放心，说自己能处理好。像这样的事例还有很多，每一次你都能恪守底线，不让违规贷款有可乘之机。

我们相识很早，你比我大一岁，这些年我总是依赖于你的照顾和鼓励。有了儿子以后，我渐渐地坚强自立。工作再繁忙，我们也会抽出时间赶回家陪陪孩子。我俩常常天黑才到家，和儿子一起玩玩幼儿园里的小游戏，做做操，讲讲睡前故事，第二天天蒙蒙亮就奔向各自的工作岗位。前段时间，祖国70华诞，你特意和同事换班，在家陪儿子观看阅兵式。儿子模仿阅兵方阵端着枪走正步的样子，逗得我们哈哈大笑。三岁的儿子心底有一个大大的梦想，那就是：长大以后要当军人！

现在的我们物质上刚刚好，足够家庭的日常所需，不是很富裕却也不紧张。与你在一起，我感到幸福与满足。家庭方面，我们夫妻和睦，一起孝顺双亲、养育孩子，公公婆婆待我如亲生女儿。儿子聪明可爱、文明有礼，一家人其乐融融，和谐美满。事业方面，我们一起成长，共同进步。有长辈的支持和鼓励作为坚强的后盾，我们能够安心地在各自的工作岗位上努力耕耘，实现自己个人价值的同时，也为社会献出自己的一份力量。

人常言：妻贤夫祸少，子孝父心宽。作为你的妻子，我有义务做好你的贤内助。你说过：在外听党和国家的号召，在家听我的指挥。那么老公你听好：你要一如既往坚持原则，恪守底线，廉洁从业。在今后的工作中也许还会面临更大的诱惑与考验，你一定要牢记自己的初心，严守党员干部的要求，做一个廉洁修身的好干部。我也会努力做一名优秀的教育工作者，用爱心和耐心浇灌祖国的花朵。我们一起用心呵护温馨的小家，努力创造幸福的大家！

爱你的妻子 史瑞

2020年初

我一定是积了很多福才会遇到你

2020年1月16日

写信人：孙宾（岳阳市华容县交通运输局）

亲爱的老婆：

你好！很久没有给你写信，提笔不知从何说起，心有千言万语，不知如何开口。细细回顾与你相识相知相守相依的过程，感觉对你亏欠颇多。

菁菁校园与你相识，那时我还年少无知，不知要如何对你好。而后当兵四五载，你一人承担起所有重任，从未与我抱怨。

我在部队的工作时间就是“5+2、白加黑”，当时阵地建设任务特别紧张，经常加班加点，有时就直接住在洞窟里，看见太阳都成为一种奢望，不能常常与你联系。我知你必为我担忧不已，然而走上这条路，我便不再是我自己。还记得我一得空就打电话给你，可常常打一半，话没讲几句就要集合。我那时很想问问你好不好，可我又不敢说出口，若你过得不好，我又能如何？不过是心里更难受。深夜站岗的时候我就在想，月亮那边的你睡了吗？睡得香吗？想到你能睡个安稳觉，心里就莫名地开心。而你也从未与我说过一句你不好，你每次都说“家里一切都好”“爸妈都挺好的”“我工作挺好的，同事都很好”“你自己注意安全注意身体”……

我天真地以为只有当兵才苦，生活不苦。直到退伍回来，面对家里一堆堆让人头痛的大事小事，我才明白你一人在家支撑有多艰难：父母渐老，身体不好，各种人情往来，工作上的压力……你默默承受了这许多，暗自消化，只因怕我担忧，怕我分心。我感激你！

但是话又说回来，如果让我再选一次，我还是会做同样的选择。在日益激烈的国际环境中，作为一名工程兵，我深感责任重大而光荣。看到国家越来越强大，人民幸福感越来越强，春节期间老百姓万家团圆，在电视机前看春晚，我就觉得我吃的苦受的累都是值得的。我知道你也是这么想的，你是理解我的，所以你才愿意默默支持我，鼓励我，默默在家里做我坚强的后盾。我想说：遇到你，真好！

你总说困难都是暂时的，咬咬牙克服一下，明天总会比今天更好。你的这句话给了我极大的动力，让我坚持下来。如今我退伍回来，能与你并肩迎接风雨，也能一起看日出霓虹，我觉得真幸福！在你的鼓励和帮助下，我考上了华容县交通运输局所属事业单位。还记得局人事股来家访时曾说华容离家有些远啊，你毫不在意地说：“比起当兵那会儿，现在已经很近了。”我听在耳里，心里又愧疚又幸福。

你性格坚忍，积极向上，从不轻言放弃，这股“要强”的劲头也感染了我，让我在工作中不肯轻易认输。现在在交通运输局上班，我要做到退伍不褪色，继续发扬在部队锻炼出来的好品质，继续为人民服务，让你看到我与你在一同进步！

如今你已身怀六甲，一边坚守你的讲台，不改对学生的谆谆教诲，一边还要关顾家中一事一物，关心我的衣食住行，自己行动不便也不曾见你失去半分生机。再累的时候，我只要见到你，便觉充满希望与安宁，心里满满都是踏实。我想我一定是积了很多福才会遇到你娶到你！

在新的一年、新的工作岗位上，我一定要更努力，让自己变更好，给你和宝宝一个安稳的家，让你幸福，让你不后悔与我携手一生！

祝我们都越来越好！

此致，

敬礼！

爱你的老公

2020年1月16日

千里乡思明月寄，从军报国以明志

2020年1月15日

写信人：黄龙（湖南总队湘潭支队执勤一大队执勤一中队）

父亲、母亲：

寒冬骤起，岁末将至。想到万家灯火通明，我心中不免泛起思家情绪。如众多游子一般，我此刻深切地思念着你们。曾经我以为家是故乡的一处房子，是伴我成长的一处菜园，后来随着年纪的增长，我开始明白所谓家就是情感的中心，是维系亲情的纽带，有你们的地方便是家。此刻提笔，我行伍之行已一年有余，在毛主席故乡这块神圣的热土上，我时常能感受到一股自豪之情，脑海中亦时常回荡着一股声音——学习主席思想，做毛主席故乡卫士。

父亲、母亲，成长至此，我未曾写过一封家书，甚至从未有过要写的念头，近来对你们的思念愈深，夜常不能寐，时而梦及，以至于愈发感到遗憾。我们中国人向来含蓄内敛，羞于表达这种情感，而我更是如此，纵有千言万语，却难表于文字之间，“洛阳城里见秋风，欲作家书意万重”讲的便是这个道理。难得有此次“一封家书”活动，故欲借此机会，修家书一封，了此遗憾。《诗经》有曰：“父兮生我，母兮鞠我，拊我畜我，长我育我，顾我复我。”细读之下，愈发感受到身为人父人母的你们养儿育女的艰辛与不易。人生匆匆几十载，思及你们含辛茹苦育我成人，青丝熬成暮雪，孩儿心中早已百转千回，涕零如雨。

这一年以来，我不知多少次在哨位上望着明月，一股股千里乡思明月寄的情绪涌上心头；亦记不清多少次思考从军报国恩、马革裹尸还的人生抱负。在这片960万平方公里的土地上，每一寸国土背后都有着沉重的历史，清朝积弱，以至于异国入侵，从鸦片战争到新中国成立，百年时间里，泱泱华夏被耻于异族，被欺于列邦。反观今日之盛世，国富民强，我等后生岂敢居安而不思危？如果我的一生有七十岁的寿命，那么将两年的青春奉献给祖国是非常值得的，也是非常自豪的。记得当初我参军入伍的意愿与你们希望我谋求事业稳定的想法有所出入，为此我与你们有过争吵与不快，但是我深知自古忠孝难两全，若是国无存，何以安家？参军报国本无上光荣，还望父亲、母亲读过此信后可以理解，更能以孩儿为荣！

身居军营的这些时日，有愉悦，也有忧愁；有收获，也有教训；有得意之时风发意气，也有失意之时痛思教训。这些来自五湖四海的战友啊！有良师更有益友，在我迷茫困惑之时给予我太多的帮助，犹如冬日的一把火，犹如烈阳下的一缕清风，种种无一不刻镂在我的骨血之中。这些或许便是我人生最宝贵的财富。唯有体会困苦，方可明白甘甜来之不易。而我也是幸运的，有幸成为这群“最可爱的人”中的一员。近日，新战友经历百日新训后下到中队，看着他们严肃紧张又略显稚嫩的脸庞，真是像极了去年的自己。此刻新老交替，我开始作为老同志去引导他们步入正轨，使其融入这铁打的营盘之中，这种角色的变化虽在情理之中，但亦让我有些许慌张。引导他们成长突然变成我此刻的一件大事。

如今孩儿弱冠有余，已到谈婚论嫁之龄，不免有些许情愫。除思及你们之外，亦常有一佳人驻于心扉。她使我欢乐，使我愉悦，给予我温暖，与我的思想产生共鸣，使我在忙碌之下有所慰藉，这是亲情无法产生的奇妙效应，我想这应该就是爱情的样子。谈及此事，孩儿诚惶诚恐，惧述之不当，恐表之不佳，经思量再三，还是决定将此事告知于你们，还望父亲、母亲予以支持。

父亲，您生性沉默，寡言少语，故而你我父子之间鲜有沟通，不过您却常常以举止教育孩儿，俨然一副严父的形象，今日我思想之塑造无一不受您所影响。知天命以来，您身体大不如前，前段日子更是因伤疾住院，作为儿子，我甚是惭愧，恨自己未能侍奉在前，以尽孝道。其间，本欲打电话与您问好，可欲言又止，最后所有情感都融会在三言两语的寒暄之中。

母亲，孩儿自幼便被您的爱与温暖所包围。您是典型的中国妇女，朴实无华，相夫教子，温柔体贴恰好与父亲的严厉互补。孩儿此番入伍在外，可以很强烈地感受到您的挂念，我亦是如此，无论走到哪里，唯有您才能让我不安的心灵得到安慰。儿子实乃不孝，此般年纪本应尽孝侍亲，但却未能承欢膝前，惭愧万分，还望母亲注意身体，切勿过多劳累。父亲身体多有不适，情绪也易躁动，望母亲多加照看。再则便是祖母，她活了一辈子，从未走出过小山村，未曾识得半个字，但却懂得许多道理，分得清大是大非，对我更是疼爱万分，较之母亲亦有过之而无不及。现她年愈老，念叨我便愈多，听母亲讲，念到情深之处便会淌泪，感叹生之不久矣！孩儿听闻，甚是心痛。

如今，春节临近，孩儿无法归家，不能与你们相聚，心中五味杂陈。此刻最放不下心的莫过于祖母，还望母亲叮嘱她老人家切勿过多挂念，以免思念成疾，孩儿在这边一切安好！

至此，临表涕零，早已不知所云。

敬上！

长子：黄龙

2020年1月15日

你爷爷就是要让我考个大学

2020年初

写信人：刘凡彪（湖南省株洲市荷塘区香樟社区）

儿子：

当你看到这封信的时候，恭喜你，你长大了，已经是一名中学生了。这也意味着你将脱离我们的羽翼，开始独立生活。你准备好了吗？

爸爸当年还只有你这么大的时候，家里条件比现在差一些，住在山里面的土砖房子里，得步行去30多里远的乡镇中学求学。那时候爸爸啥也不会，只希望早点把初中三年上完好出门打工，一个月能有个八百元左右的工资，减轻你爷爷的负担。那会儿你爷爷就是拼命想让我多读一点书，考个大学！嗯，没错，就是让我考个大学！这是他在你奶奶去世的时候答应她一定要做到的。其实爷爷他才上过几天学，字都认不得几个，他哪里知道大学是啥。他只知道我们村那会儿能上高中的没几个，大学生没有！估计觉得大学生特别牛吧。反正后来问了他，他也说不上来。有时候，说是因为奶奶说不治病都要挣钱供我考大学，爸爸我就必须上；有时候，又说“养儿不读书，不如养头猪”，我爷爷——也就是你太爷爷——正是因为在解放初能写几个字，才当了村支书。

不管是哪个原因，反正爷爷只有一个目标，就是把我培养成一名大学生。他从你奶奶去世后，一个人奋斗7年，把我送上了大学！7年里有两次因为在矿洞工作命悬一线，在医院里，我说：“我可以不上学，我不要你这么拼命，我不能失去你！”你知道他怎么回我吗？他说：“我还不敢死，你还没有上大学呢。”那一刻，包括现在写信的我都是泪崩的，心中难受。当时我只想初中毕业就去打工，为什么要我去读大学？为什么要逼我去读书？那么多和我一个年纪的同乡不都是读完初中就去打工了吗？还有些人没打工，去混社会了，和几个社会大哥每天到处吃吃喝喝多潇洒啊。那时候我真不理解你爷爷他逼我上学这事儿！

我上初中那会儿成绩不好，一天到晚想着早点出去打工，减轻爷爷的负担，哪有心思上学。可是，国家那个时候出台了政策，不许用童工，没有16岁都算童工。那时候，初中毕业我也才15岁，很多地方没有18岁都不要。而且就算是要人做事，没点技术在身也找不到好点的工作。

好吧，反正爷爷也一定要我读书，我也不能找工作，技术确实也没有，感觉条件都合适，我就报了一个职业学校。就这样，别人上高中，我去了职校学习修理汽车。我的目标就是学好修车技术，能修车，会修车，用修车来赚钱，让爷爷不用去矿洞冒险。

学校实习期间，我被推荐到了一个修理大卡车的店铺。老师跟我说他家生意特别好，在常德市都特别有名气，要我好好学。当时我特别开心，终于能一展身手了！因为做事特别勤快，师傅也很喜欢我。不管是白天还是凌晨三四点，只要是工地上有卡车出问题，我们马上赶到，每天衣服上、脸上、头发上全是汽车的机油、齿轮油、柴油。因为是在工地修车，地上都是黄泥，手上到处都是伤口和老茧。这都没啥。有一天我从学校回到店里，有个师兄跟我说，你昨天还好不在，兵儿师兄昨天因为千斤顶没有顶好，把两个手给轧没了！当时我就傻眼了，现在想起来后背都有冷汗。我是真怕！我爸就我一个儿子，我要是没手了，还要让他养我吗？

向师傅辞行，回到学校，我自闭了。学修理技术，我为之努力了三年，换来的是同样危险的工作，我怎么受得了？真后悔没有好好读书，没有去高中。听好多人说，大学生出来了可以坐办公室，心中有嫉妒，有羡慕，有期望！抱着试一试的想法，我问老师，我们可以读大学吗？老师说可以去读大专，然后考大学。我先是惊喜，然后是痛苦和后悔。惊喜的是能上大学，痛苦的是我如果去上大学，就白白浪费了三年时间，多花了三年的钱。我真后悔当初没有好好学习。

这事我一个人决定不了，我告诉了你爷爷。他听后说："上，必须上，多挖三年矿就好了。"那一次我号啕大哭，撕心裂肺，真的后悔啊！为什么我要的减轻负担，变成了增加负担！

几经周折，我再次踏上了求学之路。不过这一次我带着新的目标出发了，我要考上大学！我要学习更多的专业知识，我要锻炼自己的人际交往能力，我要去做兼职勤工俭学，我要积极申请加入中国共产党！

当我要做到这些的时候，我的时间就变得特别紧张。为了完成这些事，我每天早上5：30起床和学生会同学一起晨练，周末不是补课就是在做兼职的路上。中午吃完饭就去给食堂洗盘子，没课就去图书馆或者实验实训室。我积极地申请入党，又有幸成为学生社团的负责人，组织了学院500多人的车展工作。后来通过层层面试，进入了宝马汽车4S店，在办公室工作。毕业前终于成为一名共产党员，也通过了专升本考试！

大学对我来说是精彩的，也是改变我人生轨迹的重要一环，那三年我拼了我能拼的，完成了我进学校之前的所有目标。毕业那天我特意找爷爷庆祝一下，你爷爷没有理我，自己炒了两个小菜，拿了两副碗筷，一个人在房间里开了一瓶酒。我在门外听到，他哭了，也笑了。后来他喝多了，眼角挂着泪珠，嘴角留着一丝微笑，睡着了。

在宝马工作的时候，我发现我的同事大部分是名牌大学的毕业生，他们专业知识过硬，沟通愉快，办事高效准确。而我的客户，要不就是学富五车，要不就是在某个领域有非常高的成就。在他们的感染和鼓励下，我开始走上创业这条路。现在，我和你妈妈在创业路上有了新的目标，我们在为我们新的目标努力！

给你说了这么多，也不知道你咋想的。不管怎样，书，我肯定会让你读的。至于要读到哪里，至少读个研究生吧。要是读不到，那我也没办法。不过就我这辈子总结的经验来看，三百六十行，读书是最容易的一行，也是最难有成就的一行。我们家基因可能不太好，不是那种天才家庭，要想读，你就只有拼！比别人付出更多，你才有可能成为你们这届比较优秀的存在！

当然，如果实在是觉得学习太难，你只要健康平安成长也很好。要是你想拼，老爸我会一直陪着你！

爸爸：刘凡彪

2020年初

爸妈，想和你们说说心里话

2020年10月15日

写信人：廖铁岩（长沙市开福区沙坪街道城市管理办）

亲爱的爸爸、妈妈：

你们好！你们可曾知道，在我提笔的时候，笔尖在纸上停留了有多久……已不知有多久没通过这种方式和你们说说心里话了。你们总是对我说，爸妈做得还不够好，其实你们在我心中，已经很优秀了。虽然你们识字不多，但你们教会了我做人要诚实守信，做事要踏实认真，是你们的言传身教，使我学会了坚强，记住了宽容，懂得了自制，是你们教会了我如何去感恩生命、感恩生活，去善待世界上的每一个人和每一件事。

人生就好似一座山，不同的高度着有不同的风景，有着不同的精彩。我明白，思想也便是如此，不同的年纪有着不同的想法，不同的高度有着不一样的奇妙感受。虽然我们同住在一个城市，但我每天三点一线的生活，使我们很少相聚。从安化老家把你们接到长沙，本想让你们安享晚年，相互有个照应。可面对陌生的环境，为了顾全大局，你们忍着念家的情绪，努力适应新环境。有一次，你们外出坐过了站，是好心人把你们送到家，打电话给我，我才知道此事。事后，对你们的出行，我开始重视起来，提前把路线写在纸条上，并告知万一不清楚路线就把小纸条交给司机。你们为了给我减轻经济负担，执意要打工挣钱。去年，爸爸您在物业做保洁时，每天五点半起床，提前一个小时打扫负责的区域。我怕您身体吃不消，善意地提醒："您都快奔七的人了，做事要悠着点，标准要降一点，没必要那么拼命。"您却教育我："做任何事来不得半点马虎，做就要做好，标准要求时刻不能放松。"

从小到大，你们教我的便是"时间一去不复返"的道理，哼唱的歌也是罗大佑的《童年》——"一寸光阴一寸金寸金难买寸光阴"。如今，我已是一个孩子的父亲，而你们却两鬓悄然变白……

漫长的人生道路，你们像我的伙伴，让我在道路上不孤单；你们像一盏永不熄灭的灯，为我照亮人生的道路，让我看清前进的方向；你们像导师一样，为我指点迷津。爸爸妈妈，你们日夜为我操劳，我真的很感谢你们。你们时刻都提醒我去发现生活中的美好事物，对于每一件美好的事物都心存感激。这样，今后我才能以坦荡的心境、开阔的胸怀来对待生活中的挫折。爸爸、妈妈，我爱你们。

祝你们身体健康，万事如意。

永远爱你们的儿子

2020年10月15日

可以贫穷卑微，但不能没有骨气操守

2020 年夏

写信人：陈晨（郴州日报社，对口支援新疆吐鲁番市托克逊县融媒体中心）

收信人：陈薇薇（郴州市湘南学院附属小学）

薇薇宝贝：

你好！

进疆两个多月了，爸爸无时无刻不想你。每当夜深人静，你可爱的笑容，你为爸爸表演的绕口令、情感剧，你一次次捉弄老爸的场景，都甜蜜幸福地浮现在老爸眼前。通过这些回忆，我分享着你一路成长的快乐，我咀嚼着我们这个小家庭平凡生活中的喜怒哀乐。

今年下半年，你就要进入初中生活了。初中生活是人生的重要成长阶段。爸爸虽然与你相隔4000多公里，但爸爸一直在深思——怎样启发你珍惜时间，努力奋斗，书写自己无愧于人生的青少年篇章。

你很聪明，至少比我聪明，玩手机你比爸爸还行。爸爸手机上的功能，很多都是你教会的。爸爸不反对你玩手机，而且通过手机，我发现你掌握了一些世界地理、文化、历史知识。这是好现象。但凡事都有一个度。据你外婆说，你经常深更半夜还用手机玩游戏，这就不好了。游戏可以玩，周末的时候偶尔玩一下未尝不可，但绝不能上瘾，更不能天天玩，它是但也只是生活的调剂品，不可能成为“主食”。这一点你务必要坚守，不能没有节制。

你很有自尊心，也很有同情心、正义感。在班上，你跟同学们打成一片。这点爸爸很欣慰。每个人都有优点，每个人也都有缺点，爸爸希望你能学会反思，经常以同学们为镜子，学习别人的优点，改正自己的缺点，争取每天都有一点点小小的进步。

爸爸并不希望你读死书，死读书。爸爸是鲁迅的忠实读者，希望你像鲁迅爷爷教导的那样，即使做一个引车卖浆之流，也不做空头的文学家。我固执地认为，在这个世界上，只要靠自己的诚实劳动、合法经营谋生存，无论干什么都同样光荣。正如国王的母亲骄傲地告诉别人——“我有一个儿子当国王，但我还有一个儿子卖土豆。”但这并不意味着你可以放弃学习上的刻苦努力。当今时代，已经迈入“知本经济”“智能化”“信息化”“全球化”时代，无论将来你从事哪一行，都必须建立基本的知识地平线。否则，你将成为新时代的文盲，被隆隆前行的时代列车无情地抛弃。这一点，对于爱看科幻图书的你来说，应该有一定的体会。

最后，我想跟你聊聊家史。你的爷爷因为从小就要下田种地，养活多病的曾祖父，所以他一天学都没上。你的奶奶刚出生27天，参加革命的外曾祖父就被国民党反动派杀害在村子前面的祠堂门口，所以她也失去了上学的机会。尽管他们两位老人家都没有文化，但他们人品高洁，一直是全村人的楷模。爷爷连续担任生产队长30多年，是共产党员，是公认的好人。我到现在还记得爷爷的教导——“磨刀要磨在刀口上，不要磨到刀背上。”两位老人家虽去世多年，但这两句话一直刻在我的心里。它是人生观，也是方法论；既激励我，也鞭策我。在人生的路上，我们必定会碰到很多难题，不能离开自强不息这个传家宝。我们可以贫穷卑微，但不能没有骨气操守。

美好生活都是奋斗出来的。薇薇宝贝，初中阶段就是人生最重要的奋斗时期之一。少年时代学的，好比石头上刻的。希望你能体会老爸的一片良苦用心。祝你在人生的路上，搏击风雨，展翅高飞。

爱你的老爸 陈晨

2020年初夏

目送单妹

2020年2月6日

写信人：单彭义（湖南省农业农村厅）

单妹：

当新型冠状病毒疫情肆虐之时，你和妈妈、弟弟在益阳的外婆家趴窝，我和奶奶在长沙的家里宅居。虽然嘴上没说，但我心里还是对你们甚是想念。

在宅居的这段时间里，我时常在电脑里翻看我们全家人的照片，特别是翻看了你从小到现在的照片：襁褓中咿呀学语、庭院中蹒跚学步、小区里学骑单车、公园里朋友嬉戏、操场上集体军训、课堂上认真学习……真是光阴似箭，日月如梭，不知不觉中，你已长成为14岁的漂亮姑娘了。

自从你2018年上初中以来，利用填写家校联系单，我把想对你说的话分散写给你了。今天，借着这次厅里开展“潇湘家书”志愿服务活动的机会，给你写下第一封信，算是爸爸写给你的《目送》吧。

一、愿你善良根植于心

以和为贵，与人为善，己所不欲、勿施于人等观念和传统在中国代代相传，深深植根于中国人的精神中，深深体现在中国人的行为上。你是堂堂正正的中国人，要切记将善良根植于心，勿以善小而不为。日行一善，世界将因你的善良变得更加美好。

世上爱恨皆有因果。你现在在校学习，八人同寝，五十人同班，三千人同校，如果你希望别人对自己好，自己首先要对别人好。遇事能让则让，有难可帮就帮，以善待他人来争取多交一些真正的朋友。须知，快乐因有人分享而翻倍，悲伤因有人分担而减半。

马克·吐温说：“善良，是一种世界通用的语言，它可以使盲人感到，聋子闻到。”等你长大，你会走向全国，走向世界，根植于心的善良将使你畅行全世界。

当然，还要特别提醒你，如果你还记得《东田集》里关于东郭先生和狼的故事，如果你还记得《伊索寓言》中农夫和蛇的故事，请一定要学会分清善恶，明辨是非，把援助之手伸向真正善良的人。

二、愿你学习持之以恒

这个世界，学历不高但获得成功的人有很多，但是，请不要认为“读书无用”。要知道，这些学历不高但获得成功的人，他们一定是持之以恒学习的人，他们学习的是社会知识，是专门知识，是其他知识。请记住，不管是现在的初中学习，或是今后的高中、大学学习，还是以后进入社会的学习，你一定要坚持不懈。只有持之以恒地学习，才能让你的人生拥有更多选择的权利。

读万卷书，行万里路。你现在学业很紧张，行万里路的机会不多，请一定要爱上阅读。特别是要多读经典，常阅常新，因为它是众人选择的结果，它是时间选择的产物，它能带你体验文学之美、世界之大、万物之奇、知识之广、精神之强，它就是你丈量世界的另一双腿。

记得初中入学第一天送你到校，我和妈妈一起给老师帮忙。坐在你的新课桌上，我无意中看到了语文书里鲁迅先生的《五猖会》，文章最后一句是："我至今一想起，还诧异我的父亲何以要在那时候叫我来背书。"它给我极大的震撼，也让我重新认识到该如何合理放手，让你自行安排学习和放松——这也从一个侧面反映了持之以恒学习的重要性。

三、愿你美丽内外兼修

爱美之心，人皆有之。你是女孩子，天生爱美丽，也要求美丽。不过，你现在还是初中学生，要遵守学校关于仪容仪表的规定，保持健康匀称、干净清爽，追求中学生应有的美丽。

还要知道，美丽，内外兼修很重要。美丽，既需要漂亮的外表、适当的修饰，更需要言谈举止得体、待人接物大方。人们常说，知识是最好的化妆品，良好的素养会让人更美丽，请你从内到外修养自己的美丽吧。

亲爱的女儿，从小学开始，爸妈就叫你单妹，这是我们希望能与你平视，能与你无间。

时光流逝，如果，许多年以后，当你面朝大海、春暖花开的时候，你会想起爸爸给你写下第一封信的那个遥远的下午，爸爸会说，你是善良的、美丽的。

爸爸

2020年2月6日于长沙

妈妈您在，家就在

2020年2月6日

写信人：李智（湖南有色金属职业技术学院）

妈妈：

连日来，天天在梦里和您相见，昨晚又在噩梦中惊醒，我知道您的病情加重了……窗外只有淅淅沥沥的雨声。

今天是正月十三，是您生病的第126天。现在早晚和您视频成了我每天必做的事情，每次视频后，我的心就回到了家乡溆浦，回到了我思念的家人身边，回到了我们居住的小屋。在那里，尽管屋小但很温暖，充满着爱；在那里，您教育我们从小要善良、正直、坚毅，并且把我们五姊妹养大成人。上小学的时候，家里开了一个小店子，闲时您常常安排我们帮忙，您教导我们，小时偷针，长大偷金，一定要学好，千万不能私拿钱物，养成不好的习惯，我听在耳里，记在心里。有一次淘气的弟弟私拿了点钱，要我帮他买点东西，我把他呵斥了一顿，硬是要他偷偷放了回去。就这样，我们五姊妹相互监督、相互学习、相互勉励、相互扶持，现在我们都成家立业了，并秉承着您的基因：团结互助、勤俭持家、孝老爱幼、同心同德，在各自的岗位上奋斗着、拼搏着！

您和共和国同龄，所以您吃过苦，受过累，现在日子好过了，可是您却病倒了：去年10月1日您在湖南省肿瘤医院查出肾癌晚期！可是为了不影响您的治疗，我们五姊妹向您和爸爸编织了一个爱的谎言：妈妈，就是背上长了一个囊肿！在这4个月的爱心接力中，我再一次在我们这个平凡的家庭中见证了您和爸爸的相濡以沫，感受了我们和您的母子情深，也亲历了我和姐弟的手足之情！

妈妈，感谢您让我们成为母女。因为我是您最小的女儿，所以我和您在一起的时间最长，享受的爱也最多，令我感念一生。记得2009年我怀孕，在娘家保胎，跟您朝夕相处的那一年多时光，是我成年后最幸福、最踏实、最温馨的时光，肚子里怀着宝宝，我体验着将为人母的喜悦，而您也把我照顾得像个婴儿，处处都小心翼翼：担心凳子太重，不让我搬，我走到哪您把凳子搬到哪；我要喝茶，您就把茶立马送到手；喊吃饭，基本是饭装好筷子备好，只管吃；洗脚水打好，洗完只管走。忙碌了一整天，晚上我们娘俩还要聊上许久才去睡。那段时光，您陪我，我伴您，邻居都羡慕我。天下的妈妈都爱孩子，可是我们家，您爱孩子爱到极致，您在，我永远就是个幸福的孩子！

妈妈，现在您病倒了，回望我42年的人生历程，我只想回馈给您。陪您在长沙治疗的4个月里，虽然辛苦但心甘心愿，因为这是您教给我们的，小时候您养我们长大，大了我们陪您变老。去年腊月二十四，过小年，您说："过年了，即使生病也要过个干净年、快乐年。"这天一大早，我起来给您洗头、染发，然后调好水温，给您洗澡。这是我第一次给您洗澡，您下意识地不好意思，我说："妈妈，小时候您给我们洗澡，现在您老了，我给您洗。"话一说完，我看到您的眼角湿润了，我知道那一定是幸福的眼泪；洗过澡，给您剪指甲。当您伸出那双手时，我流泪了，那是一双饱经风霜的手，勤劳的手，温暖的手，就是那双手撑起了我们这个团结和睦的大家庭，而现在它已经瘦成了皮包骨。中午，您说想吃面片，于是我和面，11岁的儿子揉面，先生下面，煮好后我一勺一勺地喂给您吃，您表现得特别好，盛的面片全吃了。虽然这是一碗普通的面片，但里面盛了满满的爱。这碗面片，也让我们一家过了一个难忘的小年！

妈妈，我们这一家子是千千万万个家庭中最普通的一个，没有什么惊人的财富和背景，但在您的感召下却拥有着最平凡的善良和大度，我们一年又一年、一代又一代地书写着最踏实的和谐。而您也只是千千万万个母亲中最平凡的一位，但是我爱您，因为您在，家就在。2020年我们五姊妹将在平凡中蓄能前行，更会携手同心、护您左右！

您的女儿：李智

2020年2月6日

你是山前那条路

2020年2月2日

写信人：金丽华（湖南省水产科学研究所）

亲爱的弟弟：

见信好！

你从2006年招进部队服役已经有十三个年头了，从那年起你就已经不属于我们这个小家了。十三年来，你从来没有陪父母过一个完整的年，节假日也和你无缘。因为你是一名基层消防员，守护万家灯火的安全就是你的依依鱼水情。

起初，我并不能理解你的职业。侄女恩恩出生后，你们明明同在一个城市，她却基本成了一个没有父亲陪伴的孩子，以至于你偶尔回家，她稚嫩的小脸转过来看见你这个陌生的“大黑人”就会大哭。弟妹剑文身体不好，带着女儿，要操持家务，还要顶着巨大的工作压力，生活实属不易。再就是父亲诊断出了晚期癌症，成了一家人挥之不去的伤痛。陪父亲去医院排队看病、化疗，去定点药店购药，都难寻你的踪迹，基本上是我来回奔波。每次给你打电话，你总是满怀歉意地解释：在开会，在组织训练，在执行救援任务……我身心疲惫时，偶尔也会忍不住质疑你和你们单位。你们也是有血有肉的人，也有需要守护的亲人。父亲在弥留之际，也需要儿子的陪伴。记得六月间父亲癌痛难忍，住进了湘雅医院做骨水泥手术，人推出来时都快虚脱了，你利用到市里开会后的一点时间来探望父亲，因为没有请示领导，父亲坚持要你回单位待命。转身时，我看到了你正当青年却熬白的头发，还有湿润的眼眶，其实你也不易。七月，父亲虚弱到不能起床，你一般要到晚上九十点才赶来医院通宵照顾父亲，彻夜未眠，天不亮你又拖着疲惫的身体匆匆回单位安排工作。母亲和我很是心疼。

病重的父亲终究还是走了。追悼会上，你手握悼词颤抖的双手、哽咽的话语我一直清晰记得："房屋塌了可以重建，桥断了可以重连，唯独生命停止不可重来，我作为一名消防员，救过无数人的生命，却救不了我最敬爱的父亲！父亲是山，也是父爱铸成的丰碑！而我将做山前的那条路，带着父亲的谆谆教诲，继续履行我神圣的职责！"是啊，现在我读懂了你忠孝不能两全的抉择，读懂了你"树欲静而风不止"的悲痛和遗憾，读懂了你舍小家为大家的博大情怀，也读懂了你做党和人民忠诚卫士的誓言……都说"家是最小国，国是千万家"，如果不是你们这些消防人员坚守岗位，将生的希望留给别人，把死的危险留给自己，用身躯为千万百姓开辟"求生之路"，又哪来万家灯火的安宁和幸福？

年前，说好要一起到父亲坟头拜个早年的，半路你接到紧急救援电话，扔下了我。弟弟，你又失约了……但是，天堂里的父亲一定不会怪你，你说是吗？

弟弟，滚滚浓烟阻挡不住你矫健的身影，熊熊烈火烧不掉你笃定的信念，只为你身上的这份责任与荣誉，你从未停下脚步。

亲爱的弟弟，请你记住：如果不能成为英雄，请一定平安归来！

姐姐：丽华

2020年2月2日

妈妈，我会慢慢长大

2020年2月9日

写信人：于笑涵（长沙市大同小学）

亲爱的妈妈：

您好！

我已经记不清这是您第多少次出差了，您因为工作，几乎每周都要出差，从小我就这样眼巴巴地看着您拎着行李箱出门，过几天又风尘仆仆地赶回家。从最初哭得歇斯底里到如今的淡淡一挥手，在我逐渐长大的这10年，我似乎已经渐渐习以为常，只是在看着别的小伙伴假装嫌弃地炫耀妈妈的唠叨时，我心里的失落还是一如往常。

小时候我总想着自己发烧生病，我一生病您就会待在我身边，我清楚地记得，有一次生病，我高烧不退，呕吐不止，您衣不解带抱了我一整晚。我躺在您怀里，身上是我最熟悉和喜欢的气味，我很安心。可后来有一次我刚做完扁桃体切除手术，还在住院，您就被急急忙忙召回北京了，虽然爷爷奶奶在无微不至地照顾我，我心里仍然不痛快，我是多想您在我身边呀。

我长大一些，也有些明白了您的不容易，您的工作成绩有目共睹。我看到您的同事、您的团队对您的尊重和赞赏，我打心里为您骄傲；我看到您对待每一件事的认真和坚持，这让我心生敬佩。我也看得到您的辛苦和付出，您经常乘坐最晚的班车赶回来，就为了让我第二天一起床就看到您。为了尽量压缩出差的时间，您得把三天的工作压缩到两天完成。您告诉我，这些年您出差跑遍了全国的大部分城市，但从来没有特意安排去游玩过，因为您觉得再好的风景也不如和我在一起的每一分每一秒。谢谢您，亲爱的妈妈！

妈妈，您出差在外，我也很担心：您有没有按时吃饭？酒店舒不舒服？觉睡得好不好？飞机和火车安不安全？生病了怎么办？最近的一次出差，您要夜里12点才下飞机，然后独自一人坐车回家。我躺在床上一直不敢睡，不停地给您打电话，电话一直没接通，我想到很多不好的事情，心里急得要命，等您回家一开门，我冲上去就抱着您大哭。您安慰我说没事没事，刚在车上睡着了，可您不知道我刚刚有多害怕，请您下次一定要接电话呀。

想跟您说的心里话太多了，平时我却总装出一副无所谓的样子，您对我的严格要求让我忍不住要跟您作对。有时我只是想要您的一个拥抱，希望您不要这么紧张，我会慢慢长大，将来也能照顾好您！

您的女儿：于笑涵

2020年9月

找寻一种高于生活的美

2020年2月10日

写信人：孙婵（湖南省文联）

花儿：

夜已经很深了，窗外悬着一轮冷月。我刚去房间俯身看了你一眼，你在睡梦里嘟着嘴，呼吸均匀。在这特殊的时期，迎来了你的8岁生日，我想写封信给你，也写给我自己。

回想你从呱呱落地到如今的甜美可爱，每一个笑容，每一个表情，都让我心生欢喜。你从小到大都是一个乖孩子，你的性格有些柔软，喜欢花花绿绿的一切事物，当然，更喜欢哭，而妈妈记住更多的是你的笑，有哈哈大笑，有梨花带雨的笑，有古怪精灵的笑，有夸张无比的笑……过了六岁以后，你从圆滚滚的小胖子一下就变成了一个小公主。添了弟弟以后，你变得更懂事，自己完成作业，闲暇时帮忙带弟弟，主动分担家务。你的表演天赋也开始成熟，时常逗我笑得前俯后仰，你就是我们家暖融融的小太阳。

孩子，你还有一颗玻璃一样的心，纯净透亮。好多次，我发现你一个人坐在电视机前默默地流泪。《冰雪奇缘》里安娜为解救艾莎被冰冻，艾莎用爱复苏全世界；《海洋之歌》中海豹精灵变得日渐虚弱，哥哥小本为了救她开始了一段冒险旅程；《大鱼海棠》里掌管海棠花生长的少女椿为了报恩，努力复活人类男孩鲲……这些童话故事中的忧伤和美好总能拨动到你的心弦。你可知道，在现实的生活中，还有比这更揪心、更为令人感动的画面呢。

还记得去年秋天爸爸出差时带你一起去的那座城市吗？那座城市叫武汉，和长沙一样是一座底蕴深厚的文化名城，被誉为“九省通衢”，自古就是交通要塞。黄鹤楼雄踞在那里的长江之畔，高高矗立，极目万里江山，守望远古至今的荆楚文化。还记得我们去过的汉街吗？记得我们一起去吃的热干面吗？还记得去过的东湖吗？那湖边金黄色的梧桐叶记住了你的笑容，至今都在那水面上荡漾。那座城市从春节前到今天一直生着病，牵动了全世界人们的心，也揪紧着妈妈的心。你还记得春节的时候，爸爸因为在新冠病毒暴发前两周在武汉工作过，回来后一个人在房间里隔离14天的紧张日子吗？还好，爸爸平安度过，我们全家都健康无恙。

在疫情形势日趋严峻的情况下，在大家都对那座城市望而生畏的危难之际，有一群最美的身影挺身而出，那些美丽的“逆行者”，就是当前奋战在疫情战斗最前线的医护工作者。妈妈被这种大无畏的奉献精神、高尚的职业素养，还有那一封封母亲写给孩子、妻子写给丈夫的家书感动得稀里哗啦。

妈妈不是医护人员，只是一名普通的文艺工作者，不能冲锋在第一线去医治他人。但妈妈所在的单位，第一时间行动了起来，用文艺凝聚力量，让作品传递真情，号召全省文艺工作者用自己手中的笔、心中的歌去为这些可爱的“逆行者”和同胞加油打气。妈妈从事杂志编撰工作，也会第一时间甄选这些文艺精品刊发。这段时间，就连爸爸也放下忙碌的工作，自觉待在家里，守护在你我身边，画出了不少的得意之作。还有你，积极响应老师的号召，活学活用，创作了绘本《西游降疫记》。戴着口罩的孙悟空挥棒怒打病毒；猪八戒手拿大碗，瘫坐在地上摸着圆滚滚的大肚腩，边打嗝边说：“少出门，保护他人和自己。”形象生动有趣，获赞无数呢。

常有人问我：写文章、画画到底有什么用？我想，优秀的文艺作品，除了能给自己的内心带来充盈之外，还能让人欣赏后引发共鸣，找寻一种高于生活的美，传递走进内心的力量。这种力量能让自己充足和笃定，也能感动和激发他人。所以妈妈对自己日复一日年复一年的文艺工作充满着激情，感到很满足。这一路上有你的陪伴，就更加感到充实和幸运。

亲爱的孩子，等你长大后，纵使山高路远，也不要失去对美的信仰，应当从脚下的土壤中汲取营养，找寻属于自己的幸福和快乐。

新的一天已经来临，你听，一个冬天已经过去了，蜜蜂、蝴蝶、蟋蟀、蚂蚱、青蛙……它们带着歌声就要从春天里钻出来，我和你坐在小河边、大草地上、梨花树下，等着这些歌声响起，把这些旋律一并放进行囊。我和你追着春风，尽情歌舞。

晚安！我的女儿。

爱你的妈妈 孙婵
2020年2月10日

回家过年

2019年腊月二十四日

写信人：黄始兴（怀化市辰溪县上蒲溪瑶族乡关工委）

女儿可可：

安好！

见字如面。

这是一封关于过年的信，千字一意，回家过年。

可，当你见信展读之际，也许你的第一感觉不是惊喜，而是惊奇，老爸太传统，在今天这个信息瞬间传递的新科技时代，还秉笔亲书，用传统书信的形式来表达心思，落伍了。是的，老爸固守传统，但不是陈腐落伍，而是表达一种源自内心深处的真情。因为这个时刻是过年。春节是中国的传统佳节，我用传统方式，表达对祖国传统文化的眷恋与敬畏之心。

总记得你奶奶生前每到快过年时爱说的一句话，“风吹桃花落，交春又一年”。今天是腊月二十四，小年，过了小年，便是三十的大年。

昨天寒风细雨，今天阳光灿烂，不管天气如何冷暖变化，人们迎接新年过春节的脚步没有停止，脸上的笑容没有改变，如花绽放。过年啦，过年应该欢欢喜喜，有个好心情，因为这是送旧迎新的时候，是亲人团聚、亲情相融的时候。更因为手头有钱备办年货，不用担心发愁，只想着怎样把年过得热闹、有滋味。

事实上，一进入腊月，家乡年的气息就扑面而来，越来越浓，打年糍粑，杀年猪，熏腊肉，做豆腐，烟花鞭炮声此起彼伏；集市上货架上摆满了新鲜年货，任人选购，大红灯笼、对联在风中轻摇，丰富着人们的年味。买货的人一天比一天多，因为在外打工的都陆续回家过年。村边大路上，挂起了“欢迎在外打工工作人员回家乡过年”横幅，营造亲情气氛。路上的小车一天比一天多，载着一家人回老家过年，陪伴长辈。可，放心，今年的林道已全部铺上水泥硬化了，道路通畅，不用担心车轮在泥巴地里空转、下陷难走，这是扶贫项目的成果。另一个变化是院子里装上了十几盏太阳能灯，一到晚上，华灯齐亮，把整个院子照得辉煌亮堂，一片光明，再不是过去的黝黑深暗。这是美丽乡村建设给家乡带来的美好成果。

在家的亲人们，一直忙碌着，心上惦念在外工作的亲人，盼望他们平安回家过年。你妈从千里之外回家了，你弟读书放假回家了。你妈在备年货时，总是说这个可可喜欢吃，那个可可喜欢吃，仿佛就是为你准备，口中念叨你什么时候回来，总要我打电话问。我们只想你能回家过年。在大年三十吃团圆饭前，你风尘仆仆，推开门，亲切地叫一声“爸、妈、弟弟”，那一声叫唤，是世上最美的音乐。然后一家人围坐四方，举杯互视，那时你妈的脸上笑意荡漾，像刚绽放的美丽花朵。你妈的笑脸，温暖了一家人的心，美丽了一家的生活风景。她没有准备一顿唠叨，只有忙碌了一天置办的一桌丰盛年饭，你一年的辛苦，尽可以毫无防备地给大人、弟弟说说。

可，回家过年，不仅是一家人团聚，也是对民族文化的责任担当。春节是中国的传统节日、传统文化，坚守、传承这份珍贵的传统文化，是每个中华儿女的责任。何况你爸是专门研究传统文化的，你也常常对爸爸的兴趣爱好表示支持、鼓励，因此，回家过年，是你对爸工作支持话语的践行。

可，年的脚步越来越近，我们盼你回家过年的心情也越来越急切。千万别让年夜饭上你的位置空着，别让你妈久久倚门而望，失望中泪眼婆娑……

可，你回家的路长，但亲人盼望的眼光更长。

顺祝回家一路平安。

爸亲笔

2019年腊月二十四夜书

有你们年味才浓

2020年2月12日

写信人：徐军（湖南省档案馆）

收信人：刘弼城（英国伦敦大学学院管理学院）

儿弼城：

见字如面。

这不是妈写给你的第一封家书。还记得2012年夏天，你寒窗苦读12载，终于如愿考上清华，第一次踏上远在千里之外的北京去深造。差两个月就满18岁的你，第一次离开爸妈的身边。或许那时的你就像余华小说里《十八岁出门远行》的“我”一样，给离家远行添上了许多“自由”的色彩。但作为父母，其实心里既高兴又有几多不舍。

时光匆匆，眨眼8年。8年后的今天，你远在万里之遥的伦敦留学。25岁的你早已长大成人，是爸妈为之骄傲的热血男儿。清华七年，培养了你积极进取、刚毅自强、善良淳朴和独立果敢的品性。你身上的许多优点足以让爸妈放心，你平时在微信中给亲人们的问候也让我们感到舒心。你是一个知道进取又懂得感恩的好孩子。

每逢佳节倍思亲。今年春节我们这个大家庭，因你和妹妹在国外留学不能全家团聚。25年了，你是头一回不在爸妈的身边团年。往年，你都会和爸妈早早回到乡下，和叔叔婶婶弟弟妹妹们一起陪着爷爷奶奶热热闹闹过年。年三十夜里所有人一块看春晚，一起守候万家烟火绚烂的时刻，那是多么温暖幸福的时光。今年因为你们的缺席，妈心里的“年味”不觉淡了许多。

尤其是今年的春节，注定是一个不平常的春节。为阻止疫情蔓延，全国暂时停工、停学。初四晚，我和你爸从乡下回到了长沙。不能出门，我们就宅在家里学习书法、文学和历史。一天不知不觉就过去了，感觉很充实。妈觉得宅在家里读书写字是人生中最幸福的事，你爸也后悔年轻时坐不住冷板凳，浪费了很多的大好时光。

虽然宅在家里给生活带来了很多不便，但疫情就是警示。在病毒猖狂肆虐之时，以习近平同志为核心的党中央，把人民群众的生命安全放在首位，全国人民众志成城，同舟共济，打响了一场轰轰烈烈的抗疫大战。

这是一场超乎你想象的人民战争。向着病毒发起昼夜进攻的不只是顶尖科学家，医者、兵者纷纷逆行武汉。医无私，兵无畏，民齐心，在病毒猖狂肆虐之时，中国人民团结一致，万众一心，展现了众志成城的中国精神。

“天下兴亡，匹夫有责。”少年更是祖国未来的希望。你身居异国他乡，更会理解一条道理：只有国家强大了，我们才能挺直腰杆做人，才有民族尊严。这是时代赋予你们的使命！

妈从微信中看到你从伦敦大学学院拍回的照片“武汉加油”，得知你和你的校友们联合了海外留学生为武汉灾区人民捐款捐物，用自己的行动在为灾区人民奉献爱心和绵薄之力。妈感到很欣慰，从内心深处为你们的善举点赞。

这些天宅在家，妈读了《目送》一文，不禁想起了2012年8月把你送到清华、2019年9月在机场送你飞往伦敦的场景。每一次看着你逐渐远去的背影，妈妈心里的感受与同作为母亲的作者深深相连："我慢慢地、慢慢地了解到，所谓父女母子一场，只不过意味着，你和他的缘分就是今生今世不断地在目送他的背影渐行渐远。你站立在小路的这一端，看着他逐渐消失在小路转弯的地方，而且，他用背影默默告诉你：不必追。"

所有的孩子都会长大，都会离家，就像爸爸妈妈曾经经历过的那样。每次离别都是一次成长。当你不再把爸爸妈妈的住所当作自己的住所的时候，那意味着你也终于有了自己的家。爸妈打心底里为你高兴，因为你人生的苦辣辛酸终于不用再一个人孤独承受。

但是，妈还是要唠叨一句：家国始终无法分离。因为有国才有家，家是最小国，国是千万家。树高千尺也忘不了根。无论身处何方，无论富贵贫贱，我们都要不忘初心，不改本色。你身逢伟大的时代，是时代的宠儿。祖国培育了你，但别忘"鸟有反哺之义，羊有跪乳之恩"。爸妈希望你能永怀感恩之心，无论毕业后身处什么岗位，都要爱岗敬业，做到干一行，爱一行，精一行，为祖国和人民贡献自己的智慧和力量。

夜不觉已深。仰望星空，思绪万千。此时此刻，心中纵有千言万语，竟无语凝噎。最后，妈还是免不了再唠叨一句：

吾儿，保重！

一切顺安！

想念你的母亲

2020年2月6日晚

故园重现新机

2020 年 10 月 4 日

写信人：廖培勋（郴州市生态环境局永兴分局）

育勋老弟：

近来可好？

从你初次踏上花都狮岭镇的土地那天算起，已过十余载，其间你和林艳二人在粤结婚、生子、创业，经历过生意场上起起浮浮，诸多不易，虽然长期在外，但老家和父母仍然让你牵挂。近年来，随着国家对农业、农村投入力度的加大，老家的泥巴路换成了宽敞的水泥路，班车从老家到县城半个小时即可；县里在我们村大搞高标准农田建设，种粮基本实现机械化。但是生活用水的问题一直是你我牵挂的事情。小时候，家里用水都要到五百米远的地方肩扛手提，现在父母双亲二人独守老家，年事已高，喝上干净、便利的自来水，可是我们全家一直以来的梦想。

今天写信，是有一则好消息告诉你，老家接通自来水了！据老爷子前天来电，我们村家家户户都用上了龙潭水库的自来水，老爷子说水质非常好，泡茶特别香。他还说家里的澡堂子早就建好了，明天准备安装热水器，从此可以直接打开水龙头用水了，以后再也不怕洗澡的时候夏天蚊子咬，冬天凉飕飕了。家里还准备建一个三格式的化粪池，已经向村里打了报告，村干部派人来查看了。老爷子兴奋地说，等到过年儿孙们回家团聚的时候，就都可以使用了，与住在城里没有什么两样。

得知此消息后，我思绪万千。我们出生的地方是黄泥镇一个偏远的山村，村子周边遍布小煤窑，为了谋生，村里大部分青壮年劳力靠“下井”的微薄收入支撑着生活。在解决部分生计的同时，挖煤导致地下水抽空，植被遭到破坏，我们村成了一个缺水村。一般的年景，尚可勉强保证喝水的问题，一遇大旱、久旱，喝水就成了大问题，几百口人守着一眼枯井，从早到晚排队舀水，还有的时候趁着深更半夜，手持矿灯取水。那些年我们老家许多人都是一口大黄牙。

如今，随着小煤窑的关闭，周边小冶炼作坊的取缔，饱经沧桑的故园重现了生机，原先光秃秃的山头披上了绿装，种上了杉树、冰糖橙，一到秋冬季，满山遍野的油茶花竞相开放。村里还成立了优质稻合作社和养殖专业合作社，依托郴农公社，一举解决了当地闲置劳动力的问题。由于机构改革，我现在也加入了环境保护队伍，投身生态环境保护事业，我将为全县的生态环境保护奉献自己的光和热。

不管身在何处，故土难离，今年的春节，父母殷切希望我们回老家团聚，共话家常。

最后，祝老弟事业有成，家庭幸福，身体安康。

哥 培勋 字

2020年10月4日

用尽全力去过平凡的人生

2020年2月12日

写信人：黄超（星辰在线）

亲爱的父亲：

您好！

第一次用这种方式和你交流，感觉很特别。但是你知道的，我是一个文字工作者，当我可以用文字的方式来交流的时候，内向的我就会变成一个话痨。

我们已经互相陪伴33年了，今天，你就容我做一次话痨，耐耐心，读完它，好吗？

爸爸，不知道你有没有发现，自从我来到长沙工作、我们分隔两地以后，我们都更珍惜彼此陪伴的时间了。

只要周末没有工作安排，我都会回家陪你，而你虽然不喜欢说话，但是知道我要回家了，你也会推掉饭局，笑呵呵地回来为我烹饪。每到这个时候，我就会笑着调侃你几句，说你又来和我抢夺厨房的使用权了。

爸爸，我有很多话没有和你说，但是在这样一个疫情当前的日子里，有些话，我必须跟你说了。

我记得很小的时候，我一直很努力地学习，我把别人玩游戏、看电视的时间，都用来学习，我只想成为年级第一名。我当时学习的动力就是不想成为第二个你，因为在年幼的我看来，你不是一个世俗意义上的成功者。

你一直做着平凡的工作，没有让我和妈妈过上富足的生活，自己也没有身居高位。那时候的我，觉得是你的学历和你性格上的不争取，最终造就了你那不成功的模样。

我拼命努力学习，就是为了不重走你的旧路。

但是后来我离开家去求学，虽然离你不远，却迷失了方向。面对都市的诱惑，我发现那种赌气式的努力，其实没有办法持续太长时间，尤其是在离开了你以后，我更加没有办法保持慎独。我甚至做过一段时间的网瘾少年，最后被迫选择了复读。

决定复读的前一天，你抽了很多烟，我喝了很多啤酒。显然，我们都不开心，对未来也没有了目标。

现在回想起来，我反而庆幸自己走了一段弯路，因为走过这样一段弯路，我发现我更加了解你并且尊重你了。

你不知道，我虽然已经有了一千多本藏书，但是你第一次给我买的书，一直在我书柜最醒目的位置。我记得那是一个飘着大雪的下午，你和我沐雪前行，我在你的怀里一点也不觉得冷。你买给我的第一本书，我看了一遍又一遍。那本书也在我心中埋下了阅读的种子，我成了热爱阅读的少年，再到成为现在无怨无悔奔跑于新闻战场的青年。

你不知道，我以前所“看不起”的你的老实、被欺负，现在也成为我人生的标签。我从这些看似不光彩的标签中，提炼出了一些好的品质，比如勤劳，比如善于思考。我发现我们在这个世界上走一遭，其实最幸运的不是什么收获万贯家财，而是一直有机会做自己喜欢的事情。我以前不明白你为什么把修理水管这件事做了这么多年，但是后来我渐渐明白，你是感受到了这件事的意义。你的每一次维修，换来了别人家的方便，换来了别人的交口称赞。

我们中的很多人不会成为盖世英雄，但是我们可以像《月亮与六便士》所说的那样，用尽全力去过平凡的一生。

我们读懂了平凡，其实就是找到了人生的意义。我们不再过度依赖他人的评价，我们也不会用世俗的成功定义来限制住自己。我们只要去做自己喜欢的事情，然后尽己所能地去照顾好自己的家人。这样的平凡，谁又能说不伟大呢?

爸爸，你知道吗，曾经那么“看不起”你的一些品格的我，最后活成了你的样子。我是你的儿子，吸收你的宝贵品质，似乎也确实是我的责任和义务。我很开心，在我们都健康、还不那么老的时候，我明白了这个道理。

爸爸，请你放心，我会继续坚持向你学习，带着你的勤劳、多思、善思的品质继续前行。我也会像你当年照顾我和妈妈那样，去照顾好我的妻儿。

虽然肉麻，但是在文字的世界里，我是自由而不羞赧的。想对你说：

爸爸我爱你，我很庆幸成为你的儿子。

你的儿子：黄超

2020年2月12日

后记

站在当今中国百年未有的时代坐标中，如何构筑新时代文明交流、情感交流、道德交流的新纽带，家书无疑是抛砖引玉。2020年伊始，“潇湘家书”活动启动，湖南省各地各部门积极响应，社会各界逐渐形成以良好的家风支撑起社会好风气的意识。据不完全统计，自活动开展以来，全省线上寄送家书就达4万封，另潇湘家书活动组委会共收到各地各部门推荐的优秀家书1.1万余封。我们在万余封家书中优中选优，最终遴选出78封，汇编成此书。

《每个人都了不起——潇湘家书·2020》全书以“走出贫困”“走过风雨”“走向辉煌”为内容逻辑，突出2020年“脱贫攻坚”“全民抗疫”“新时代梦想”三大主题。封封家书，朴实而真切的笔墨，既是弘扬中华传统家庭美德，也深深烙下独特的时光印记，鼓舞人们不忘初心，砥砺前行。

本书的付梓，得到了组委会成员单位省文明办、省学雷锋志愿服务工作委员会办公室、省直机关工委、省教育厅、省公安厅、省农村农业厅、湖南日报社、湖南广播电视台、省总工会、团省委、省妇联、省文联、省邮政公司，以及各市州文明委、湖南新闻综合广播等单位的大力支持，在此一并感谢。由于时间仓促，个别作者信息未能在书中一一注明，若有遗漏，敬请谅解。

潇湘家书活动组委会

2020年12月

图书在版编目（CIP）数据

每个人都了不起：潇湘家书：2020 / 潇湘家书活动组委会编. -- 长沙：湖南文艺出版社, 2021.1（2022.5重印）
ISBN 978-7-5404-9813-9

Ⅰ. ①每… Ⅱ. ①潇… Ⅲ. ①书信集—中国—当代
Ⅳ. ①I267.5

中国版本图书馆CIP数据核字(2020)第220906号

每个人都了不起——潇湘家书 · 2020

MEI GE REN DOU LIAOBUQI——XIAOXIANG JIASHU · 2020

潇湘家书活动组委会 编

出 版 人：曾赛丰
责任编辑：何 莹 张子霏
特约编辑：刘茁松
责任校对：黄 晓 舒 专 徐 晶
封面设计：何嘉莹
版式设计：萧睿子

出版发行：湖南文艺出版社
（长沙市雨花区东二环一段508号 邮编：410014）
印 刷：三河市人民印务有限公司
经 销：湖南省新华书店
开 本：710 mm × 1000 mm 1/16
印 张：15
字 数：192千字
版 次：2021年1月第1版
印 次：2022年5月第2次印刷
书 号：ISBN 978-7-5404-9813-9
定 价：36.00元